Tudo pode ser roubado

Giovana Madalosso

Tudo pode ser roubado

todavia

Para Pedro Guerra.

Somos livres, e este é o inferno.
Clarice Lispector

Óculos Tom Ford

Estou deitada na cama de um cara chamado Beto ou Neto, não sei direito. Sei que ele tem uma mancha que cobre boa parte da barriga porque isso estou vendo, uma mancha com uma forma que parece pedir para ser decifrada, como os rostos ou animais que se desenham nas nuvens. Penso em tocar a barriga dele e dizer: parece um homem de nariz grande ou um tamanduá ou o mapa de um país que não conheço, mas falar qualquer coisa agora quebraria a aura silenciosa de pós-coito que paira entre nós. É uma questão de respeito, como numa igreja. Ninguém fica falando durante a comunhão alheia. Digo comunhão porque a dopamina ou serotonina ou seja lá o que o orgasmo libera tem o poder de provocar um alinhamento raro entre nosso corpo e nossa cabeça. Mas para a minha sorte – afinal, estou com certa pressa, estou aqui a trabalho – essa sensação maravilhosa que ele está sentindo não vai longe. Daqui a pouco, esse sorriso que o Beto ou Neto tem no rosto vai se desfazer e ele vai voltar a seus pensamentos, vai voltar a ser aquele bichinho angustiado que todos somos, mexendo no celular ou indo ao banheiro ou pegando um cigarro ou fazendo qualquer outra coisa para escapar um pouco dele mesmo.

Não falei? Ele acaba de se levantar. Vou dar uma mijada, me diz. As nádegas peludas olhando para mim. Torço para que ele seja do tipo educado. Do tipo que fecha a porta, que levanta e abaixa a tampa, que lava as mãos, porque isso me dá um tempo extra, e tempo extra é sempre bom. Mas logo vejo que ele é um australopiteco, como quase todos os outros, porque sequer toca no trinco, sequer faz da porta um biombo entreaberto. Por um segundo, me arrependo de não ter saído com uma mulher, sempre tão mais convenientes com seus longos rituais de higiene e beleza, sentando na privada, dobrando o papel, se olhando no espelho, às vezes até passando batom. Mas não é todo dia que dá para sair com uma Maria ou uma Renata ou uma Carolina, e tento ver o lado positivo das coisas: com a porta escancarada pelo menos consigo escutar o que o Beto ou Neto está fazendo lá dentro.

Agora, por exemplo, ele está soltando as primeiras gotas. Jato forte, tendência a ser longo, é por isso que adoro os caras que bebem cerveja. Mas, ainda que eu calcule que essa mijada vai longe, não deixa de ser apenas uma mijada, portanto sei que não tenho tempo a perder, que não posso me aventurar pelo closet como gostaria. Ignorando a mesa de cabeceira, que geralmente não tem nada que preste, só livros e remédios e camisinhas e porcarias do gênero, parto para cima da cômoda e abro a primeira gaveta. Fico satisfeita com o que encontro, com os diversos pares bem alinhados entre si, quase uma coleção. Pego o que está mais ao fundo, aquele que deve ser menos usado, do qual vai demorar mais a sentir falta, e confiro a haste, a marca em relevo, me certificando de que é coisa fina. Depois tento encontrar o case, com o case sempre vale um pouco mais, mas então escuto o jato enfraquecendo, as gotas rareando e fecho logo a gaveta e meto logo o negócio dentro da bolsa, a tempo de ainda ouvir a descarga, o arauto do crime anunciando com sua mensagem hídrica que está na hora de encerrar as operações.

Quando o Beto ou Neto sai do banheiro, me encontra na beira da cama, com as pernas cruzadas, enrolando a pontinha dos cabelos com o dedo. Ele sorri para mim. Coitado, ele sorri para mim. Depois, acende um cigarro e, acredito que por educação, me pergunta: tá a fim de tomar alguma coisa, gata? Não, digo pra ele, tô morrendo de sono. E já com a bolsa na mão, me levantando, catando minhas roupas, completo: melhor eu ir pra minha casa, melhor dormir lá mesmo. Mas me liga qualquer hora, viu? Claro que não deixo o telefone.

Ocupação: garçonete

Foi por causa do meu, digamos assim, talento secundário que ele me procurou. Mas, se não fosse o restaurante, ele nunca teria me encontrado. Talvez nunca soubesse que eu existo. O restaurante fica perto da Avenida Paulista. É uma construção retangular, com uma porta giratória na entrada, mesas ao longo das laterais de vidro. Uma das laterais dá para uma praça que poderia ser um cartão postal de São Paulo caso São Paulo fosse honesta a respeito de si mesma. A praça é só um banco e um chafariz, sombreados por prédios de escritórios. Desses prédios, descem pessoas que não sentam nos bancos, nem contemplam o chafariz, só fumam um cigarro e voltam correndo para dentro, talvez porque a praça seja pouco convidativa ou talvez porque eles não saibam muito bem o que fazer com um banco e um chafariz. Nossos clientes é que dão uma certa vida para a praça, esperando mesa por ali com seus drinques na mão.

Sempre digo que trabalho num lugar badalado porque essa palavra, badalado, faz muita diferença. Se você é médico, é médico em qualquer lugar. Se você é dentista, advogado, publicitário, também. O trabalho é mais ou menos o mesmo, não importa onde você esteja. Com garçonete é diferente. Se você trabalha num pés-sujo, além de servir, tem que limpar mesa, polir talher, varrer o chão. Às vezes, até limpar privada. Se você trabalha num emprego como o meu, só precisa circular bela e formosa com a bandeja, colocando uma boa gorjeta no bolso.

Não estou dizendo que é um trabalho fácil. Longe disso. Mas pode se aproximar mais do céu ou do inferno dependendo do estabelecimento. É por isso que de vez em quando eu passo a mão numa coisa ou outra. Por uma questão previdenciária. Porque agora eu tenho vinte e nove anos, uma pele linda e uma bunda petulante de tão dura. Mas daqui a vinte anos, quando eu estiver toda despregada e funcionar mais como uma lembrança da passagem do tempo do que como um show pirotécnico de celebração da juventude, o que vai me sobrar são os buffets por quilo, as praças de alimentação, as padarias que servem prato feito e, como vocês podem imaginar, dez por cento de P.F. com refrigerante não banca o conforto de ninguém.

Aqui, como eu já disse, a história é outra. E é bom frisar que neste salão nem a feiura dos clientes tem muito acolhimento. Já estive no posto de hostess e a regra é clara: cliente feio ou malvestido a gente senta no fundo, atrás da parede dos banheiros. Exceção feita aos feios famosos, que a gente deixa esperando mesa quanto der e depois senta bem na entrada, explorando ao máximo sua propriedade hipnótica de cartão de visitas. Mas, voltando à minha função, é importante dizer que sou boa no que faço. Trabalho de garçonete desde os dezenove anos, quando decidi que não queria me esfolar pagando uma faculdade para acabar ganhando mais ou menos a mesma coisa. Ao contrário da maioria dos garçons, da maioria dos clientes, da maioria das pessoas, eu não sou consumida por nenhum desejo. Não quero ser atriz, nem cantora, nem modelo, nem designer, nem protética, nem cuspidora de fogo, nem milionária, nem porcaria nenhuma. Estou bem assim. E porque eu não ando pelo salão do restaurante repassando mentalmente falas de teatro, nem cantarolando para ver se alguém se encanta com a minha voz, nem fazendo caras e bocas para ver se alguém me contrata como modelo, eu trabalho direito. Tanto que sou chefe de praça e, na ausência do gerente, atendo por ele. Então, quando a Lia me disse que o cliente de uma das mesas queria falar comigo, achei que era para fazer uma reclamação, e não uma proposta.

O cara do chapéu

Era fim de expediente, o restaurante quase vazio. O barulho das louças já mais alto que o das vozes. Eu estava separando os sachês de açúcar dos de adoçante quando a Lia veio falar comigo. Apontou para um homem, sozinho numa mesa. Aquele cara ali, o do chapéu, quer falar com você. Dei uma olhada no sujeito, nunca tinha visto antes. Me surpreendeu que estivesse numa mesa da frente. Era feio e não era famoso. Tinha uns cinquenta anos, a pele meio fodida, uma boca pequena. A hostess devia ter gostado do chapéu dele, um Fedora preto. Chapéu de cantor de jazz. Taí, pensei, talvez seja um cantor de jazz.

Perguntei para a Lia o que ele queria, quando é para ouvir reclamação de cliente também gosto de ouvir a parte do garçom, mas ela disse que não sabia. Fui até a mesa dele. Disse: pois não. Ele sorriu e ficou um tempo assim, me olhando, como se tivesse esquecido o que ia dizer. Nesses dois ou três segundos, reparei que ele estava com um cashmere meio surrado e tomava um Old Fashioned, um drinque feito de uísque e Angostura, mais pedido no cinema do que na vida real. Tenho um trabalho que pode te interessar, ele disse de repente. Não estou muito a fim de sair daqui, respondi para ele, já deduzindo que a proposta seria algum restaurante novo, coisa que volta e meia rolava mas nunca me interessou porque não curto incertezas. Não é isso não, ele disse, quero a tua ajuda para pegar uma coisa. Acho que fiz uma expressão confusa porque em seguida ele espalmou a mão sobre a mesa, girou a palma no sentido horário e foi recolhendo os dedos para dentro, naquele gesto clássico e inconfundível. Gelei. Gelei como nunca tinha gelado antes, em situação nenhuma. Tudo bem que eu dava as minhas surrupiadas por aí de vez em quando, mas o restaurante era sagrado para mim, era dali que eu tirava meu fixo, meu holerite, que um dia eu pretendia usar para financiar um apartamento. Ali dentro eu nunca tinha roubado nem um saquinho de açúcar, nem um palito de dente, eu era a retidão em pessoa. Então o cara fazer aquele gesto pra mim, no meio do salão, foi assustador. Olhei para os lados para ver se tinha algum garçom nos observando, mas claro que não, como eu descobri mais tarde, ele era malandro demais para dar esse tipo de mole. Também dei uma olhada para fora do restaurante, procurando algum carro de polícia, porque por alguns segundos pensei que seria presa ali mesmo, de aventalzinho na cintura ao som do último sucesso da Madonna. Mas não, graças a deus, não, o elemento que estava na minha frente não chamaria a polícia nem para salvar uma velhinha caída num buraco. Mas disso eu ainda não sabia. Eu ainda estava nervosa, eu podia sentir a minha mão úmida. Você tá me confundindo com alguém, eu disse para ele. Tô não, mas eu entendo que você não queira falar disso aqui. Posso te esperar na saída? Claro que não, eu falei. Ele chegou um pouco mais perto de mim, se inclinou na minha direção. Escuta só, a grana que você vai ganhar pra pegar esse negócio pra mim é mais do que você ganha um ano inteiro trabalhando aqui. Continuei quieta. Ele pegou um guardanapo, anotou um número de telefone e enfiou no bolso do meu avental. Depois matou o Old Fashioned, levantou e disse: acerta pra mim?, sem deixar um puto sobre a mesa.

Sebastiana

Naquela noite quase não dormi. Fiquei lembrando tudo o que eu já tinha pegado na casa dos outros e repassando cada uma das situações, às vezes anotando, às vezes pensando alto. Queria descobrir quem me viu roubando. Quem deu a letra do que eu fazia para aquele cara que, até então, eu não sabia nem o nome.

A proposta dele parecia boa, mais ou menos o que eu precisava para dar de entrada no apê onde eu era inquilina. Queria ligar para o cara, mas decidi que não faria isso enquanto não descobrisse o que eu queria. E continuei andando pelo meu apartamento como se andasse dentro do meu próprio cérebro até que os passarinhos desajustados do centro começaram a cantar. Ainda sem resposta, estabeleci uma certeza para aliviar minha angústia. Ninguém viu nada, disse para mim mesma. Até porque, se alguém tivesse me flagrado, teria dito alguma coisa. E me prendendo a isso, relaxando no colo ilusório da convicção, voltei a pensar que a única pessoa que podia ter me caguetado era a única pessoa que sabia o que eu fazia, a Tiana. Então calcei minhas botas e saí de casa rumo ao brechó, parando só para tomar um café.

O brechó da Tiana ficava em Pinheiros, numa casinha estreita e charmosa de tijolinhos à vista. Quando cheguei lá, o dia estava nascendo. Lembro que o sol estava batendo na vitrine, onde a mesma manequim de sempre, que eu e a Tiana batizamos de Sandra, usava um vestido estampado com âncoras e tinha a seus pés uma mala de viagem. Apesar da raiva que estava da Tiana naquele momento, não consegui evitar de sentir certo carinho por ela ao lembrar de algumas outras vitrines que ela tinha montado: Sandra de vestido rodado e lenço na mão acenando para um trem imaginário, Sandra de biquíni e turbante estilo Riviera Francesa, Sandra de calça pinup com franja de laquê. Eram as fantasias da Tiana encarnadas naquele pedaço de plástico vagabundo, que parecia melancólico não por seus traços – manequins são todos parecidos –, mas por viver materializando um desejo de ser o que a Tiana nunca seria, ou de estar onde ela nunca estaria.

Grudei a cara na vitrine. Eram seis da manhã, claro que naquela hora não tinha ninguém lá dentro. Bati na porta, esperando que a Tiana, que morava nos fundos, ouvisse e aparecesse toda despenteada com seu robe de seda. Mas ela não me ouviu, devia estar sonhando com um par de seios naturais ou com um tête-à-tête com Yves Saint Laurent. Sentei no degrau em frente à vitrine e fiquei esperando, vendo São Paulo acordar e lembrando da primeira vez que estive ali.

Tinha sido uns cinco, seis anos antes. Até então eu nunca tinha roubado nada, era apenas uma mocinha honesta ganhando a vida como garçonete. E, como toda mocinha honesta, ou não honesta, dava as minhas trepadas de vez quando, muitas vezes com clientes do restaurante. Claro que sem muito envolvimento, primeiro porque nunca tenho vontade de me envolver com ninguém, segundo porque entre nós e os clientes existe uma diferença social e uma distância de universos que nem o mais magnético dos intercursos consegue anular. Então tudo bem, foi só uma foda. Mas que foda.

Eu e o Lucas, era esse o nome dele, nos encontramos no chafariz depois do meu expediente. Tudo o que eu sabia sobre ele é que preferia a carne malpassada e a água sem limão. Desconfiei também que não era um cara feliz ou não andava numa fase boa porque durante todo o jantar os amigos dele riram a ponto de mostrar as obturações e ele mal abria a boca, sempre distante, às vezes olhando para o chafariz, às vezes olhando para mim. Mas, logo que nos encontramos, não tive tempo nem interesse de especular o que ele sentia. Trocamos umas perguntinhas bestas e em seguida já estávamos enfiando a língua de um na boca do outro, movidos por uma rara compatibilidade química. Como o restaurante não permite que garçons saiam com clientes, pelo menos não nas proximidades, puxei ele pela mão e entramos num táxi rumo a uma boate que ficava não muito longe dali.

Entramos, pedimos umas bebidas. Depois encostamos num balcão e nos beijamos até o gelo derreter nos copos, então fomos embora, nos agarrando no táxi, na rua, no elevador, no hall de entrada da casa dele. E continuaríamos assim se eu não tivesse reparado nos vasos da sala, uma sequência de vasos bonitos, pintados à mão, todos com plantas mortas. Perguntei se ele tinha perdido o regador. Ele me disse que as plantas eram da mulher dele e que ela tinha morrido havia dois meses. Perguntei o que tinha acontecido. Ele me contou que, há sessenta e um dias atrás, ela acordou para uma sexta-feira como todas as outras. Tomou banho, secou o cabelo, se despediu dele. Depois, entrou no carro e passou para pegar uma colega de trabalho que morava perto, para quem ela sempre dava carona. A partir daí, tudo o que ele sabia, sabia através da colega dela. Como sempre, as duas pegaram a Marginal, naquela lentidão típica, segundo a amiga nesse dia falando sobre tratamentos contra celulite. Uns quarenta minutos depois, quando pararam em um farol, já na frente do escritório em que trabalhavam, começou a tocar Billie Jean no rádio. Ela perguntou para a colega se podiam dar uma volta na quadra, ainda estava cedo e ela adorava aquela música, queria ouvir até o fim. A colega disse que tudo bem, claro. Então a mulher dele abriu o vidro, colocou o braço para fora e deu mais uma volta na quadra, cantando o refrão, she says I'm the one. Quando pararam de novo no mesmo farol, viram um garoto que não estava ali antes. Ele foi até o carro, botou um revólver na cabeça da mulher e pediu para ela passar a bolsa. Ela se curvou para pegar a bolsa, mas a alça engatou no freio de mão e ela começou a se bater para puxá-la. O garoto disse: vai logo, vagabunda, e, em seguida, sem esperar mais nem um segundo, deu um tiro na cabeça dela. Depois a colega só lembra que o garoto saiu correndo pelo meio da rua e o locutor da rádio disse: são nove horas e um minuto na Grande São Paulo. O Lucas pôs a mão no rosto, apertou os olhos. Depois disse: eu amava ela, eu não consigo parar de pensar por que alguém resolveu tocar Billie Jean bem naquela hora. Senti pena dele. E a pena me deu mais tesão, me deu vontade de servi-lo. Cheguei mais perto, abri a calça dele. Fomos até o quarto. Deitamos na cama. E então ele me comeu com força, como se quisesse entrar inteiro lá dentro, como se quisesse se esconder do mundo dentro de mim.

Só paramos um bom tempo depois, interrompidos pelo barulho da minha barriga. Ele perguntou se eu estava com fome. Um pouco, eu disse. A última vez que tinha comido eram seis da tarde, antes de começar o expediente do restaurante. Ele disse que só tinha maionese estragada para me oferecer, mas que bem pertinho dali tinha uma loja de conveniência. Eu falei que ele não precisava se incomodar, eu já estava indo embora, mas ele disse que não, que não ia me deixar ir daquele jeito, que era para eu esperar que ele logo voltaria com alguma coisa.

Assim que ouvi o barulho da porta batendo, levantei, acho que movida pela curiosidade. Andei pelo quarto, vi uma foto dos dois num porta-retratos. Entrei no closet. Era do tamanho do meu quarto. E estava cheio. Cheio de coisas dela.

Sapatos e bolsas organizados por cores. Vestidos ocupando uma lateral inteira. Alguns casacos de pele. Passei a mão pelos casacos, eu nunca tinha tocado em um. E então percebi, no meio deles, um par de olhos. Um par de olhos que parecia estar me encarando. Me aproximei, atraída pelo brilho imóvel das pupilas, pelo focinho perfeito com bigode e tudo. Puxei a raposa. Passei a mão pelo dorso, pelas patas, pelo rabo graúdo. Lembrei de uma matéria que tinha lido, que contava que para a pele da raposa sair direito eles tinham que arrancá-la do animal ainda vivo. Olhei de novo para as pupilas da bicha, concluindo que aquele brilho tão intenso só podia ser de pavor. Será que os olhos da dona da raposa também brilharam desse jeito quando o garoto meteu a arma na cabeça dela? E depois não tive mais vontade de largar o bicho. Andei com ele pelo closet e pelo quarto, até que ouvi o barulho da porta se abrindo e enfiei a raposa dentro da bolsa.

Quando cheguei em casa, tirei a pele da bolsa, ainda meio surpresa com minha atitude. Coloquei-a em volta do ombro, me olhei no espelho, mas a raposa no meu corpo não parecia verdadeira. Parecia a cópia grotesca de uma coisa grotesca. Lembrei de um brechó que ficava perto da minha casa. Levei a raposa até lá. Acho que eu nunca tinha entrado num brechó e, até esse dia, não sabia que, a grosso modo, os brechós se dividem em dois grupos: 1. os que resgatam peças interessantes do passado, como o da Tiana, e 2. os que resgatam as pessoas da miséria, vendendo qualquer velharia, como o Nafta Lyna. Foi nesse último que entrei com a raposa. Numa lojinha fedendo a bancarrota de sei lá quantas famílias, onde sapatos de sola gasta disputavam espaço com pires de plástico, onde sutiãs esgarçados conviviam com caixas de fotografia. Caixas de fotografia! Lembro bem disso porque a caixa estava logo na entrada e claro que parei para olhar. Era uma caixa de sapatos cheia de fotos, a maioria com a moldura branca já amarelada, quase todas de uma mesma família. Me intrigou pensar quem compraria aquele tipo de coisa. Fotos de desconhecidos casando, de desconhecidos sorrindo na praia, de desconhecidos empurrando filhos no balanço. Alguém em busca de um passado fictício? Mais estranho ainda era pensar em quem tinha vendido aquelas fotos. Porque, imagino, ainda que a bordo da mais astronômica pindaíba, a lembrança é preservada como a última migalha de pão, a glicose da dignidade. Mas alguém resolveu fazer um troco em cima daquelas memórias inesquecíveis. Larguei as fotos dentro da caixa e fui até o balcão, onde um senhor de meia-idade botava pilhas num relógio de parede. Tirei a raposa da bolsa, mostrei para ele. Ele olhou intrigado para o bicho, com certeza era a primeira vez que via o acessório. É de pôr nos ombros, eu disse. Ah, ele falou. E depois, pegando na patinha da raposa com aquela mão suja de sei lá quantos passados, disse: dou déi real. Isso aqui é vison, é coisa fina, falei. Quinze?, ele propôs, e então eu não abri mais a boca. Por mais que eu insistisse, em quanto ele chegaria? Trinta? Quarenta? Eu estava no lugar errado.

Na mesma hora, pensei numa garçonete que trabalhava comigo no restaurante e só usava bolsas de marca. Lembrei que uma vez perguntei como uma pé-rapado como ela conseguia andar com aquelas coisas. A coitada me disse que às vezes alugava as bolsas, às vezes comprava usadas num brechó de luxo em Pinheiros. Bardot, ela falou, e, graças à imagem de Brigitte, o nome do lugar nunca mais saiu da minha cabeça.

Procurei o endereço. Fui até lá. Quando passei pela porta, já entendi que estava em outro tipo de brechó porque ali o passado não fedia, pelo contrário, tinha um cheiro bom, de perfume. As peças eram poucas e pareciam escolhidas a dedo. Algumas eram pregadas na parede pelo cabide como quadros, as cores e os brilhos se destacando contra os tijolos à vista.

À minha esquerda, tinha um provador que parecia ter sido feito com a cortina de veludo de um teatro. No caixa, ninguém. Falei: tem alguém aí? Mas não fui ouvida porque o som estava alto. Ella Fitzgerald ou alguma coisa do gênero vindo de uma porta atrás do caixa.

Passei pela porta e fui surpreendida por uma sala cheia de samambaias, pendendo de todas as alturas como cascatas. No sofá embaixo delas, uma mulher, de uns trinta e poucos anos, alisava um gato e cantava a música com os olhos quase fechados. Ela tomou um susto quando me viu. Deu um gritinho, depois me pediu desculpas. Ao ouvir sua voz e vê-la de pé, com seus um e oitenta e tantos de altura, percebi que era uma transgênero. Uma trans mais bonita do que a maioria das mulheres. Fomos juntas até o caixa. Eu mostrei a raposa para ela. Ela examinou cada pedaço do bicho. Depois disse: vison sem emendas, lindo de morrer. E, em seguida, suspirando: mas tão politicamente incorreto. Ninguém mais usa pele natural, meu bem. Só os russos que vivem naquele frio e parece que tiveram o coração extirpado pelo regime comunista. Pra quem eu vou vender isso, diz pra mim? Eu não disse nada. Não sabia o que dizer. Ela olhou de novo para a raposa, passou a mão nela com o mesmo carinho com que a vi passando a mão no gato. Depois colocou a pele nos ombros, se olhou no espelho. De quem era este vison? Da minha avó que morreu, eu disse. E ela usava? Muito. O inverno todo. Tá bom, vou ficar com a pele, ela disse, volta e meia aparece alguma senhora maluca por aqui. Em seguida, abriu o caixa e me deu um macinho de notas. Com a grana paguei quase todo o aluguel daquele mês.

Três semanas depois, eu estava de volta, com um par de sapatilhas Chanel que roubei de uma garota, dessa vez intencionalmente – a primeira afanada que dei com consciência do meu ato. Naquela época, eu não entendia quase nada de marcas, ter pego Chanel foi só uma rica coincidência. Entrei na loja, a Tiana estava atrás do caixa. Mostrei as sapatilhas para ela. Vi que gostou. Última coleção, essas não eram da tua vó, ela disse de um jeito simpático. Não, são minhas, eu disse. E então ela, observadora que era, olhou para baixo, talvez se perguntando o que eu estava calçando de tão melhor para deixar as Chanel para trás, e viu meus pés, tão visivelmente maiores do que as sapatilhas, dentro de um par de botas todo ferrado. Ela me encarou, como quem pede uma explicação, mas eu desconversei, pedindo um copo d'água. Sem dizer mais nada, ela me deu a água, depois a grana, e eu me mandei.

Achei que não voltaria. Mas uns dois meses depois lá estava eu, com um lenço enorme, também roubado, achando que descolaria um dinheiro como das duas outras vezes. Dessa, preparei meu discurso. Ou melhor, eliminei as chances de dar bola fora. Quem questionaria que o lenço era meu? Ao contrário de sapatos, lenços servem pra qualquer pessoa, de qualquer tamanho ou idade. Então entrei tranquila na loja e fui até o caixa. A Tiana parou o que estava fazendo, me olhou com curiosidade. Trouxe outra coisinha, eu disse, e fui puxando o lenço de dentro da bolsa. Posso ver?, ela falou e pegou o tecido, esticando-o sobre o balcão. Este lenço também é teu? Ahã. Ela me olhou com desconfiança e disse: então me mostra como você usa. Por um segundo, me desconcertei. Nunca tinha usado um lenço, estava sempre de jeans, botas e camiseta, meu único acessório era uma bolsa. Minha vontade era de usar o lenço como uma corda para me pendurar e sair de cena. Mas claro que eu não ia me entregar tão fácil. Fui até a frente do espelho, pendurei o lenço nos ombros como uma toalha e dei um nozinho na frente. Ficou ridículo. Ela deu uma risada estranha e balançou a cabeça, eu vi pelo espelho. Depois me chamou até o balcão. Perguntou meu nome. Me disse o dela. Tiana, de Sebastiana. Lembro que pensei na genialidade da escolha, ao contrário das outras transexuais, ela não tinha se batizado de Letícia, Marcela ou Priscilla, escolheu um nome tão indesejado que pela lógica só podia ser de nascença. Mais tarde eu soube que a escolha do nome fora por outro motivo, mas naquela hora tudo me fazia crer que a desgraçada era esperta, quem sabe mais esperta do que eu. Escuta só, meu bem, ela disse, pegando o lenço de volta. Quando você for... – lembro que nessa hora ela parou para pensar antes de dizer a próxima palavra – escolher uma coisa pra trazer aqui, escolha direito. Esse lenço a gente encontra em qualquer ponto de ônibus. É vagabundo que só. Repara no verso. Verso não pode ter cara de verso, essa versão desbotada da parte da frente. Lenço é feito pra ser virado, dobrado, amarrado. Tem que ser igual dos dois lados. Outra coisa: o fio que usaram para fazer o acabamento não é exatamente da mesma cor da estampa, vê só? E o tecido ainda tem essa textura péssima de poliéster, pode servir pra esfoliar um calcanhar mas jamais pra tocar o pescoço de uma mulher. Me traz seda, cetim, ela disse. E depois de um pequeno silêncio: e, se não souber identificar um bom tecido, olha a marca. As marcas famosas não são famosas à toa.

Se um dia eu resolvesse compilar tudo o que a Tiana me ensinou, essa teria sido a primeira aula. As outras, e foram muitas, foram acontecendo à medida que eu voltava e levava mais coisas para vender. Às vezes, o ensinamento partia do objeto, como num dia em que eu levei um vestido mal cortado e ela me fez vestir o bagulho para mostrar que a costura não podia ficar logo em cima da barriga. Às vezes, ela nem se tocava que estava me ensinando alguma coisa, só me chamava para tomar um chá na sala de trás e folheava revistas e comentava sobre as roupas, os estilistas, a época em que foram feitas. Não é um assunto de que gosto muito, mas, queira ou não, eu estava atuando nesse ramo. Como todo mundo que faz curso de especialização, eu também estava fazendo o meu, era útil saber o que roubar, o que valia mais grana e, fora isso, não sei bem por que, as tardes e noites que passei tomando chá debaixo daquelas samambaias me faziam sentir mais perto do lugar onde nasci.

Eu estava cochilando com a cabeça nos joelhos quando a porta se abriu às minhas costas. *Bon jour*, ela disse, e logo me lembrei do que estava fazendo ali tão cedo. Entrei no brechó atrás dela. Já fui dizendo: porra, Tiana, você tinha que abrir o bico? Ela se virou para mim: do que você tá falando? Do coroa, eu disse, e ela continou me olhando como quem não estava entendendo nada. Nem adianta fazer essa cara, só pode ter sido você que contou pra ele que eu roubo, disse sem medir as palavras, e então vi o rosto dela passar de confuso para constrangido. Estávamos em volta de uma mesa onde ela expunha brincos, pulseiras. Seus olhos desceram até a mesa e não subiram mais. Ela ficou um tempo olhando para as próprias mãos, aquelas duas pás enormes que, apesar do tamanho, tinham algo delicado, talvez as unhas feitas, talvez a suavidade com que tocavam a mesa, as palmas sempre em concha, nunca pousando por inteiro, e então, com uma inquietação visível, as mãos começaram a arrumar brincos que já estavam arrumados, a esticar pingentes que já estavam esticados. Até que, não tendo mais o que fazer para se esquivar de mim, ela me deixou ali sozinha, foi até os fundos do brechó e botou a chaleira no fogo. Eu sei porque ouvi o barulho. E, ao contrário do que sempre fazia, não me chamou para conversar ou tomar um chá. Ficou lá, quieta, talvez olhando pela janelinha que havia atrás do fogão, como costumava fazer.

Ela queria que eu fosse embora, eu sabia disso. Mas fiquei um tempo ali parada. Olhando para todas aquelas franjas, babados e estampas, me toquei que ela nunca quis saber como eu tinha arranjado o que trazia comigo. Imagino que ela sabia, acho que soube que eu roubava desde o dia em que levei as sapatilhas Chanel mas nunca, naqueles anos todos, ela comentou esse assunto. Uma espécie de código velado. Acredito inclusive que ela, com todo seu caráter, só topava comprar as peças de mim porque o que eu trazia era, em geral, irresistível para ela. Coisas que nenhum outro fornecedor, nenhuma Patricinha ou quatrocentona na pindaíba levava para o brechó. E naquele momento ficou claro que ela se envergonhava de ser minha cúmplice. Que ela nunca teria coragem de falar para alguém o que eu fazia porque ela não tinha coragem nem de falar para si mesma. E, enquanto eu pensava nessa coisarada toda, a chaleira apitou e me liguei que não tinha mais nada para fazer ali. Quer dizer, até tinha, meu plano inicial era tirar a história do coroa a limpo, esculhambar a Tiana e depois vender para ela, por um preço alto, inflacionado pela culpa, os óculos Tom Ford que eu trazia na bolsa. Mas não era mais o caso. Então saí do brechó, com os mesmos óculos e as mesmas perguntas que eu tinha trazido. O sol já estava alto, refletindo nos prédios da Teodoro Sampaio. Tive vontade de pôr o Tom Ford, mas isso ia contra o regulamento que eu mesma tinha criado: 1. nunca, em hipótese alguma, cometer o amadorismo de usar algo que garfei, e 2. sempre me desfazer do objeto sem muita demora. Assim, atravessei a rua e dei o Tom Ford para o primeiro que apareceu. Um mendigo deitado na frente de uma loja de instrumentos. O cara, com as guitarras ao fundo, a barba e os óculos, ficou parecendo um rock star.

O balcão da meia-noite

Acabei ligando para ele. Sugeri que nos encontrássemos depois do meu expediente, às duas da manhã, num restaurante que ficava aberto da meia-noite até o dia nascer, pros lados do Centro. Para minha surpresa, ele não estranhou o horário, pelo contrário, disse que estava ótimo. Antes de desligar perguntei qual era seu nome. Biel, ele falou. Gabriel?, perguntei, buscando uma opção menos infantil e mais adequada ao tipo corroído que conheci. Mas ele disse: não, Biel mesmo. E, depois de me mandar um beijo, desligou.

Naquela noite, não ofereci o cardápio de sobremesa para meus últimos clientes. Só empurrei um café e já fui trazendo a conta, coisa que nunca faço porque sempre quero que as pessoas se encham de mais sais e açúcares e bebidas e gastem mais, porém já era quase uma da manhã e eu queria ir embora. Funcionou. Fechei logo a minha última mesa. Depois enfiei o avental na bolsa, passei um batom e fui descendo a Rua Augusta, em direção ao Centro, desviando das mesas na calçada, dos bêbados, dos notívagos, dos camelôs, dos casais de namorados, sempre atenta para ver se nenhum outro garçom do restaurante aparecia e resolvia se juntar a mim.

É normal, depois do expediente, que nós, garçons, saiamos para comer ou beber alguma coisa nas redondezas. Eu nem sempre vou porque nem sempre tenho saco para as conversas, aquela lenga-lenga de tô ótimo, vou fazer, vou acontecer, até ficarem todos bêbados e confessarem que estão péssimos, sem grandes perspectivas e se pelando de medo da vida adulta. Eu, que não bebo, sempre fico pensando que a noite deveria começar ao contrário, com todos já mamados, contando de uma vez por todas seus problemas e depois tratando deles à medida que vão ficando sóbrios. Seria mais produtivo. Mas o fato é que eu não queria cruzar com ninguém. Tanto que marquei de me encontrar com o Biel num lugar que os garçons não conheciam. Que muita gente não conhecia. Para lá da Augusta penteada pelo dinheiro, para lá da Augusta monitorada pelas câmeras, para lá da Praça Roosevelt, numa ruazinha escura e suja, mais ou menos no início do intestino da cidade.

Como o japa foi parar ali, eu não sei. Uns dizem que ganhou o restaurante no jogo, que era viciado em jogo e que a cicatriz que ele tem, que vai do nariz até a orelha esquerda, também é herança dessa época. Outros dizem que o japa tinha um restaurante na Liberdade e, depois de molestar a filha e ser navalhado com uma faca de sushi pela mulher, deixou a comunidade e se instalou como um ermitão naquele endereço. Outros ainda falam que, se sentindo muito sozinho em Tóquio, o japa veio se sentir sozinho no Brasil. A verdade ninguém nunca vai saber, porque o japa, que todos chamam de Mestre, nunca abre a boca. E, quando abre, geralmente fala japonês. O que não é um problema, porque o restaurante serve apenas um prato, o tonjiro, um cozido de carne e legumes com missô. E, quando alguém quer saber que legumes são esses ou pedir para tirar alguma coisa do prato, ele faz o que faria em qualquer língua: dá as costas para o cliente e vai atender a outra mesa. Para quem pede o tonjiro com o simples gesto de um indicador no ar, a recompensa: uma comida desgraçada de boa. Uma vez cheguei a ver, em uma das mesas, um crítico gastronômico que conheço do restaurante em que trabalho, um boçal que esculhamba quase todos os estabelecimentos que visita, virando o prato na boca e fazendo aquele barulho, chup chup chup, para sugar todos os restos do tonjiro. Na hora que o crítico estava saindo, o japa disse: foto nô, brog nô. E o crítico: fica tranquilo, não vou postar nada no blog. Entendi o cara, se o restaurante ficasse conhecido, além de encher, ia desfazer aquela deliciosa ilusão de que somos especiais por partilhar um pequeno segredo. Também fiquei imaginando como o crítico faria se fosse publicar alguma coisa, porque o restaurante não tinha nome. Não tinha nem placa na porta.

Foi por essa entrada sem batismo, iluminada por apenas uma lâmpada, que passei para encontrar o Biel. Desci os degraus, encontrei o balcão e o pequeno salão quase cheio, aquele bafo quente de bocas e panelas. Peguei uma mesa que ficava numa quina, afastada das outras, porque não queria que ninguém ouvisse nossa conversa. Depois sentei, tirei a jaqueta e dei uma olhada nos clientes. Três amigas batendo papo. Uma senhora com um garoto que parecia michê. Um grupo de executivos bêbados. Um homem de sunga e coleira no pescoço. Essa era a São Paulo de que eu gostava, a São Paulo depois do expediente, quando as pessoas afrouxavam a gravata e deixavam entrever, como flores sinistras rebentando pelo corpo, as marcas de viver numa cidade tão obcecada com a produtividade. Porque, no final, a verdade sobre uma cidade é esta: o que sobra de cada um depois que as luzes dos escritórios se apagam. E aqui, como todo mundo sabe, o que sobra é pouco, um emocional talhado pelos excessos, um terreno propício para as patologias se instalarem. Mas eu ainda preferia ver as pessoas assim, na sua face mais combalida, do que projetando virtudes de curriculum vitae à luz do dia.

Embora, claro, nem tudo o que desfila na noite seja bom de ver, como uma gordinha que passou por mim, cheirando a suor e perfume vagabundo, vestida com uma espécie de baby-doll que mal cobria a bunda. Para minha surpresa, quem acompanhava a figura era o Biel, que a deixou no balcão com uma nota de cinquenta pratas e depois veio sentar comigo. Que é isso?, disse para ele. Ela nem sabe quem eu sou, vai comer e ir embora. Acho que fechei a cara, porque ele disse: relaxa, e depois fez alguns comentários sobre o restaurante, disse que tinha gostado do lugar, mas continuei de olho na mulher que ele trouxe, me certificando de que não a conhecia, que aquilo não era uma arapuca para me foder. O japa tirou nossos pedidos. O Biel esfregou as mãos, não sei se pensando na comida ou no que ia dizer. E aí, posso começar? Não, eu disse. Antes você vai me dizer de onde me conhece, quem falou de mim pra você. Depois você me diz o que tá querendo. Ele ajeitou o chapéu, o mesmo que estava usando quando o conheci, e cruzou os braços. Não vou falar dessa pessoa, da mesma forma que nunca vou falar de você pra ninguém. Acho que me inclinei para a frente: você não quer que a gente seja parceiro? Quero, ele disse, mas saber quem me falou de você não vai ajudar em nada. O japa deixou a minha água e o saquê do Biel sobre a mesa. Eu ainda estava encanada, mas ele, malandro, desviou do assunto, me contou que tinha morado um tempo no Japão e que lá isso era muito comum, restaurantes de um só prato. Perguntei o que ele fazia no Japão. A mesma coisa que aqui, nada, ele me disse. Depois me olhou com uma expressão que, eu logo viria a saber, era sua marca registrada. Uma expressão que nunca deixava claro se ele estava brincando ou apenas sorrindo à toa.

Olhei para o balcão. A trampa que ele tinha trazido já estava acabando de comer. Logo depois ela se levantou e, metendo suas tetonas entre nós, deu um beijo de tchau perto da boca do Biel. Ao vê-la saindo dei uma relaxada e retomei o assunto. E então, quem foi que me dedou? Ele continuou comendo, como se não tivesse me ouvido.

Por que eu?, perguntei em seguida.

Porque você já fez isso antes e porque você é bonita.
Já entendi. É homem ou lésbica?
Homem.
Pra pegar o quê?
Isso aqui, ele disse, e então tirou, de dentro da jaqueta, um livro surrado, que pôs sobre a mesa.
O Guarani?
Isso. Só que uma outra edição, que tá na casa de um cara.
Pra que você quer essa bosta?
Bosta? É um dos maiores clássicos da literatura brasileira.
Você já leu?
Não.
Pois eu li isso aí pro vestibular e posso te dizer que é uma bosta.
Me disseram que esse cara é o maior representante daquela escola...
Água com açúcar?, falei. E depois remendei: escola romântica.
Gostei de ver. Tá por dentro.
Eu passei em Letras, mas desisti no primeiro semestre.
Até agora eu só tava contando com a tua experiência pra fazer esse trabalho, mas você fez Letras, você leu o livro. É muita sorte.
Na verdade, li só uma parte. Larguei quando uma índia conhece o tal Guarani e, meia hora depois de conhecer o cara, quando os dois são atacados por outros índios, ela se joga na frente dele para salvá-lo de uma flechada e morre com a lança cravada no peito. Ela chega nesse grau de paixão e abnegação meia hora depois de conhecer o cara. Não sei como as coisas eram naquela época, mas sei que hoje ninguém se atira na sua frente, nem que seja pra te salvar de uma picada de abelha.
Que amarga você.
Amarga não, garçonete. Passo várias horas por dia ouvindo as conversas dos outros. Claro que não dá pra ouvir tudo, mas

o suficiente pra saber que, com poucas exceções, o egoísmo venceu o amor.

Quando foi a última vez que você trepou?

Não é da tua conta. Agora me diz, aquela grana que você me ofereceu, é pra pegar o quê?

Já falei, o livro, ele disse, e baixou o tom de voz, são cinquenta mil pra pegar o livro.

Você tá de sacanagem comigo.

Tô não, também estranhei quando me fizeram a proposta. Porque claro que esse livro não é pra mim. É pra um colecionador.

Então você também tá levando.

Claro que tô, o mesmo que você.

Puta que o pariu, cem paus nessa bosta, eu disse com a boca cheia.

Pelo que me falaram, os estudiosos consideram esse livro a primeira obra-prima da literatura brasileira.

Custa dez reais num sebo.

Eu sei, mas a gente tá falando de outra coisa. De fetiche. Os caras que são tarados por livros andam atrás de edições raras. De primeiras edições. Nesse caso, a primeira edição é mais desejada ainda porque parece que depois que o José de Alencar publicou *O Guarani*, em mil oitocentos e sei lá quanto, ele fez algumas alterações no texto. Ou seja, o texto dessa primeira edição é único. Até poucos anos atrás, só se tinha notícia de uma cópia dessas, que tava com o maior colecionador de livros do Brasil, um velhinho que eu não lembro o nome, ele disse, e pediu mais um saquê. Depois, continuou: parece que o velhinho também penou pra conseguir essa cópia. Na época, ela tava circulando na Europa, passando na mão de colecionadores, livreiros, bibliotecários, ninguém sabia muito bem onde, até que, no começo dos anos setenta, apareceu num leilão em Paris. O velhinho, que sempre manteve contato com os livreiros europeus, voou até lá e arrematou o livro. Pros outros colecionadores, o assunto era tido como encerrado, todo mundo sabia que a única cópia tava com ele e nunca mais voltaria pro mercado. E não voltou mesmo. Só que no ano passado, apareceu uma outra primeira edição do *Guarani* em Minas Gerais, na casa de um sapateiro que morreu sem saber a joia que tinha. Em pouco tempo o boato se espalhou e o livro entrou em leilão em São Paulo por setenta mil. Nosso amigo colecionador, que estava de férias no Butão, veio correndo pra cá, parece que pegou um táxi direto do aeroporto para o leilão, mas quando chegou só encontrou uma mulher empilhando as cadeiras.

Algum outro milionário arrematou o livro, concluí.

Não. Quem arrematou foi um professor de Letras, duro pra caralho, que usou a única grana que deve ter tido na vida pra comprar esse negócio. É dele que você precisa..., ele disse e ficou olhando para mim.

Por que esse colecionador não vai lá e faz uma oferta pro cara?

Ele já tentou, através de um livreiro, mas o professor não quer vender.

E você, não tentou roubar o livro sozinho por quê?

Claro que tentei, mas o professor é inacessível. Fechado, amargo, não bebe. Não consegui nem ficar amigo dele.

Na boa, eu custo a acreditar que um livro pode valer essa grana toda.

Se vale ou não, eu não sei, mas é isso que o J., vamos chamar assim o colecionador, tá disposto a pagar. Segundo ele, só tem dois livros que valem tanto no Brasil, *O Guarani* e *Poesias Completas* do Machado de Assis, que ele já tem.

Também é uma primeira edição?

É. Mas a história desse é muito melhor.

Fala aí, eu disse, enquanto raspava os restos do meu prato.

Segundo o J., na época em que o Machado de Assis lançou o *Poesias Completas*, quase todos os livros brasileiros eram impressos na França. Embora os franceses fossem supercompetentes, tenham revisado todo o negócio sei lá quantas vezes, acabou passando um erro nessa primeira edição. Numa parte em que falava: *cegara o juízo*, os franceses imprimiram um a no lugar do e.

Dei risada.

Pois é, o Biel falou, parece que o Machado de Assis ficou doido, corrigiu edição por edição a mão com a ajuda de um assistente. Mas isso foi só depois que descobriram o erro. Depois que algumas edições já tinha sido vendidas. Essas primeiras edições, com o *cagara o juízo*, valem uma grana.

Vocês homens são engraçados. Olha esse colecionador. Viajou o mundo, leu uma montanha de livros, arrematou obras-primas, mas continua achando a coisa mais incrível do mundo uma piadinha com cocô.

Não tem muito que a gente possa fazer contra a nossa natureza.

Não tem porque a preguiça também faz parte dela. Mas enfim. Quem me garante que esse colecionador existe? Quem me garante que não é você que quer o livro?

Que diferença faz?

Se a grana for adiantada, não faz diferença nenhuma.

O J. não é idiota de adiantar dinheiro pra dois pilantras que nem a gente.

Fale por você, resmunguei, quase levantando da mesa.

Calma, rabudinha, nós estamos do mesmo lado, eu e você.

Então quero conhecer esse tal de J. Quero ter certeza de que ele existe, que ele tem cacife pra me pagar depois.

Não sei se ele vai querer te conhecer. Ele não quer dar a cara.

Então ele que pegue o livro sozinho.

Tá bom, tá bom. Vou ver se ele topa, o Biel falou e ajeitou o chapéu. E, se quiser falar comigo nesse meio-tempo, liga nesse número aqui ó, ele disse e anotou um número dentro do livro, que depois deu pra mim. Aquele meu outro número já era. Créu.

Créu. Essa foi a última palavra que o sem-vergonha falou. Só depois que ele já tinha ido embora com o bucho cheio de tonjiro e saquê, me toquei que, de novo, sobrou pra mim pagar a conta.

Do fungo ao sol

Nunca fui de querer muita coisa. Lembro que, quando era pequena, minha mãe me levou a uma loja para que escolhesse meu presente de aniversário. Paramos na vitrine de uma casa de brinquedos e artigos de papelaria – nas cidades pequenas ninguém pode se dar ao luxo de vender uma coisa só. Se me concentrar, ainda consigo enxergar essa vitrine, as várias bonecas, um jogo de panelinhas, uma bola estranhamente disposta ao lado de réguas e esquadros. Lembro de olhar e olhar e não conseguir responder à pergunta que se formava e dissolvia em volta de mim: filha, o que você quer? Até que uma hora, perdendo a paciência, minha mãe me segurou pelos ombros e disse: um grampeador, é isso que você vai querer. Lembro de voltar para casa segurando aquele objeto estranho, sem saber se devia ficar chateada ou grata pelo presente.

Continuei assim, sem grandes vontades, a vida inteira, num estado que muitas vezes julguei como apático, noutras como liberto. Mesmo depois que comecei a afanar essa coisarada toda, raras vezes tive vontade de pegar alguma coisa para mim. E, quando tive, passou rápido, assim que o objeto saiu do meu campo de visão. A única coisa que lembro de ter desejado muito foi uma cafeteira que vi na casa de um italiano, obviamente grande demais pra ser enfiada na bolsa, de forma que tive que comprar a dita, parcelando em cinco vezes sem juros. Pagaria mais, se fosse preciso. Não bebo, não fumo, mas sou viciada em café. Então, se alguém me perguntar qual a minha visão de paraíso, não vou me sair com praias de areia branca, homens sarados ou joias. Meu paraíso é sentar no sol com uma xícara de café e ler revistas.

Que sorte a minha ser uma sonhadora mequetrefe. O problema é que, até uns anos atrás, nem o sol eu tinha. Meu velho apartamento conseguia estar numa posição em que o sol não batia nunca. Talvez até batesse, se ele fosse uma construção nascendo no meio de um milharal. Mas não, ele estava cercado, rendido por outros quatro prédios que o encurralavam no centro do quarteirão. Minhas janelas davam para uma medianeira de um desses prédios, com tanta proximidade, que se eu esticasse bem o braço, quase conseguia tocar o revestimento alheio. Quantas vezes não desejei que ali tivesse uma janela, um horizonte formado pela linha de um sofá com uma televisão se pondo feito um sol atrás do couro ou courino, quem sabe a silhueta de um vizinho passando. Por pior que fosse, seria um horizonte. Mas o que eu via era só uma parede úmida, que às vezes também parecia um espelho do meu próprio prédio, o fungo do quarteirão.

Era assim que Maria Inacia, que veio da mesma cidade que eu e de quem peguei o apartamento, o chamava: o fungo. Quando cheguei a São Paulo, ela me disse que ficasse com o apê, não acharia aluguel mais barato no centro e ela ainda me deixaria de presente a geladeira e o fogão. Então, durante anos, vivi bravamente no fungo e empalideci com ele e talvez não tenha sido menos feliz por isso. Até que comecei a trabalhar no restaurante em que estou agora e me senti preparada para sair de lá.

Nunca vou esquecer da visita que fiz com o corretor para conhecer o apartamento em que moro. Ele foi me esperar na porta de casa, sabia que eu morava no fungo. Eu tinha dito para ele que queria algo ali perto, então caminhamos umas quatro quadras até chegar ao endereço. Senti pena do corretor, que profissão difícil essa, vender ou alugar o que as pessoas mais idealizam, uma compra que nunca vai ser feita por impulso, só por uma combinação intrincada de fatores. E se já deve ser duro ser um corretor qualquer, imagine um corretor de pobre, obrigado a usar uma lente cor-de-rosa para florear o infloreável. Nesse caso, uma portaria sem nenhuma decoração, que só por ter as paredes recém-pintadas, o corretor descreveu como "uma portaria totalmente reformada". Mas o melhor foi quando entramos no apartamento e o corretor, me puxando até a varanda, disse: olha a vista. Olhei para baixo e encontrei a Rua do Glicério na sua mais completa exuberância, cheia de lixo e de viciados em crack revirando sacos, pitando cachimbos ou andando para lá e para cá na sua conhecida paranoia. Tive a sensação de que aquele lugar era uma espécie de coxia do inferno, um aquecimento interminável para um desfecho pior ainda. O corretor só não levantou o meu queixo porque seria indelicado, mas logo disse: olhe pra cima, veja os prédios. Fiz o que ele falou. Na altura dos meus olhos, estava a cidade na sua forma clássica, cinza e vertical, aqui e ali pontuada por uma pichação ou por uma janela mais intrigante, com pequenos traços de horizonte escapando como esmolas entre as construções. E, embora isso representasse uma melhora enorme em relação ao meu apartamento anterior, não foi isso que me conquistou. O que me dobrou e me fez ficar literalmente de joelhos naquela varanda foi a parte que o mercado imobiliário com todos os seus dentes não podia abocanhar. Lá em cima estava o céu, o mesmo modelo que cobria a Oscar Freire e a Faria Lima, a Vieira Souto e a Quinta Avenida, azulão e cravado pelo sol naquela tarde de segunda. Continuei ali, ajoelhada, e fechei os olhos, sentindo os raios esquentando a minha cabeça. E daí?, o corretor disse, já farejando a resposta. Pensei um pouco porque o aluguel era caro, bem mais caro que o do fungo. Não sei por que, perguntei para o corretor qual era o número do apartamento. Setenta e dois, ele me disse. Ok, vou ficar com ele.

O esquisitão de Higienópolis

Quando cheguei, o Biel já estava me esperando. Encostado no portão, fumando um cigarro, com o mesmo chapéu de sempre. Dei oi e depois olhei para cima, para o prédio junto de nós. Uma construção larga e imponente que ocupava quase um quarteirão da Avenida Higienópolis. O cara tem grana, eu disse. Ô se tem. Esse prédio é tombado, ícone modernista e o caralho. Os ricos adoram isso aí. Em seguida, ele estraçalhou a bituca com o pé e, olhando para mim, falou: o J. topou te receber, mas o combinado é que você não vai fazer nenhuma pergunta. Deixa só ele falar, ok? Beleza, respondi. E então entramos na portaria, que ele atravessou com surpreendente intimidade, dizendo para o porteiro: avisa que a gente tá subindo.

Chegando ao apartamento fomos atendidos por um cara de camisa que, pela expressão corporal de bicho empalhado, era o mordomo. O sujeito nos conduziu por um hall que se abria para uma sala imensa, com pé-direito de uns três metros. Era um apartamento curioso porque, acima de tudo, não parecia um apartamento. Parecia a sala de um museu. Grande, com piso de mármore e dezenas de quadros e esculturas espalhadas pelos cantos. E, em vez daquele monte de móveis que pessoas normais teriam, apenas uma poltrona aqui e outra ali, como que dispostas não para as pessoas interagirem entre si, mas para admirarem o que havia lá dentro. E, no meio de tudo isso, talvez a peça mais interessante de todas: um homem de cabelos compridos vestindo uma túnica. Ele estendeu a mão na minha direção. Disse: então você é a moça, muito prazer. Sente-se, fique à vontade, e eu não consegui cumprir a ordem, com medo de impactar o meu traseiro contra alguma relíquia. O Biel, obviamente, já estava largado numa chaise, pedindo ao mordomo que lhe trouxesse uma água e um uísque. O J. perguntou se eu também queria beber alguma coisa. Disse que não e acabei me sentando ao lado do Biel.

Trocamos alguns comentários formais sobre a paisagem que víamos além da varanda. Por insistência do J., acabei bebendo um chá, singular como tudo ao meu redor, uma flor costurada à mão que desabrochava no fundo da xícara com o calor da água. Então você é formada em Letras, o J. disse em certo momento. Ahã, falei, meio surpresa, me perguntando se o Biel tinha mentido para o J. ou se o J. tinha apenas se enganado a respeito da minha (não) formação. Logo descobri que o Biel tinha mentido porque me encarou com rapidez e seriedade, um olhar que era quase um aviso. O J., animado com meu bacharelado fictício, levantou-se e disse pra mim: então você vai adorar o que eu comprei esta semana. Abriu uma porta de correr que dava para uma sala, onde havia uma estante com alguns livros e uma mesa com caixas transparentes de acrílico. Dentro das caixas, livros abertos. O J. levantou o tampo de uma, pegou o exemplar cheio de desenhos que estava lá dentro. Olha isso, disse, e começou a folheá-lo para eu ver. Macunaíma ilustrado por Portinari. Não é espetacular? Incrível, respondi e, sem me lembrar quem era o cara que escreveu Macunaíma, corri rápido o olho até achar o nomezinho no topo da folha. Ah, Mário de Andrade, adoro tudo o que é do Mário, menti. Mal disfarçando um orgulho que lhe escapava pelos poros, mostrou um número impresso na contracapa: 1/50. Fiquei olhando para aquela fração sem entender o que queria dizer, sem conseguir formular um comentário. O Biel percebeu e disse: o primeiro de cinquenta exemplares. Que raridade, hein? O J. colocou o livro nas mãos dele. O Biel deu uma olhada. Depois devolveu-o para o J.: não me admira que este livro tenha ilustrações do Portinari, ele e o Mário eram muito amigos. Olhei para o Biel, surpresa com sua erudição. O J. confirmou: é verdade, os dois eram amicíssimos. Mário escreveu textos incríveis sobre o Portinari. O Portinari, por sua vez, pintou um retrato histórico do amigo. Vendo que não tínhamos estofo ou interesse para seguir naquele papo, o J. guardou o livro na caixa. Depois abriu uma gaveta da mesa, me chamou para ver o que havia lá dentro. Me deparei com uma série de pincéis, alinhados lado a lado. O J. me contou que os usava para limpar a lombada dos livros. Me convidando para tocar os fios, disse que só usava os que eram feitos com crina de cavalo, porque os fios sintéticos eram duros demais e agrediam a estrutura já fragilizada das edições antigas. Pegando um pincel, disse: este aqui comprei na Mongólia. Olha a textura dos fios. Os nômades criam cavalos incríveis. Nesta hora, tive a impressão que ele se vendia para mim. Que tentava se mostrar um cara culto, com cacife intelectual e financeiro para possuir a edição rara do *Guarani*. Achei, inclusive, que ele ia entrar no assunto, me dizer o que gostaria que eu fizesse, como deveria conservar o livro até entregar para ele, como me pagaria, essas coisas. Mas logo depois ele meteu o pincel na gaveta e voltou para a sala maior, como se fossem os quadros e esculturas, e não os livros, a sua maior paixão.

Enquanto o J. perguntava alguma coisa para o Biel – pelo que entendi perguntava sobre um amigo que tinham em comum –, parei para observar uma parede cheia de cocares, também dispostos dentro de caixas de acrílico. Percebendo meu interesse, o J. se aproximou. Estas peças são do tempo que eu andava interessado em arte primitiva. Depois, apontando para uma plumagem azul, talvez a maior de todas, continuou: esse era de um pajé, da tribo Awa-Guajá. Como você conseguiu?, perguntei, esquecendo a orientação do Biel. Comprei do próprio pajé, pagando com uma caixa de aspirinas. Depois, passei a viagem inteira com dor de cabeça, o J. disse e deu uma risada alta e curta. Uma risada que parecia envergonhar-se subitamente de si mesma. Em seguida, me contou que nos anos setenta, enquanto todo mundo só pensava em política e felação, ele e um amigo alugaram uma Kombi e se mandaram para a Amazônia. O amigo era antropólogo e estava fazendo uma pesquisa sobre canções de ninar. Queria registrar as canções antes que elas se perdessem, porque a televisão já estava avançando por lá e afetando a cultura local. Na tribo Korubo, por exemplo, o amigo dele tinha visto uma índia embalar a filha cantando o jingle de um comercial de colchões. Pra ter sono bom, Ortobom, ele ouviu a indiazinha cantar, listando em seguida o endereço das lojas na mesma melodia. Já o J., como havia dito, andava atrás de arte primitiva e resolveu fazer a viagem para adquirir algumas peças. Voltou com três cocares e assim deu início à sua coleção de arte plumária. Olhei de novo para os balangandãs que, depois da explicação, pareciam ainda mais interessantes.

O J. ia contar mais alguma coisa sobre os cocares, mas fomos interrompidos por um barulho desagradável, vindo do apartamento de baixo. Odiaria esse vizinho se ele não fosse eu mesmo, o J. disse, e pôs as mãos nas têmporas. Tô reformando o apartamento de baixo. Detesto obra, mas tive que fazer um duplex porque aqui dentro não cabe mais nada. Pra vocês terem uma ideia, tô com um Volpi guardado dentro da despensa, ele disse com naturalidade, como se qualquer um soubesse quem era o tal Volpi e como se esse tipo de problema fosse corriqueiro na vida de qualquer pessoa. Mas a minha despensa é limpíssima, acrescentou rapidamente em seguida, como se devesse uma explicação para nós. E, depois, se tocando que eu não devia ter entendido muito bem seu comentário, explicou: nesta casa não se cozinha nada. Não suporto cheiro de comida. Sopa de tomate aqui só se for enlatada e assinada pelo Andy Warhol. Dito isso, foi andando em direção à porta e engatando numa conversa que, logo percebi, terminaria numa despedida. Lembro que fiquei angustiada, pensando que ele não tinha gostado de mim e por isso me despachava, sem falar sobre o assunto que nos levara até ali. Olhei para o Biel, esperando que ele tomasse uma atitude, mas ele parecia mais preocupado em terminar seu segundo uísque do que em fazer qualquer outra coisa.

Seguimos andando atrás do J. até a saída. Ele se despediu do Biel com um aperto de mão. Depois me deu um beijo e, segurando com suavidade meus ombros, disse: boa sorte com o professor. Acho que sorri para ele, finalmente me falava algo relativo ao trabalho, mas era só isso que tinha para dizer?

Ainda que eu estivesse arrebentando de perguntas para fazer, desci no elevador em silêncio e caminhei pelo hall e pelo jardim da mesma maneira, intimidada pelas pupilas pretas das câmeras de segurança. Assim que pisei na rua, virei-me para o lado.

O cara não falou nada sobre *O Guarani*.

Ele te deu boa sorte.

Eu esperava que, pelo menos, ele fosse falar sobre a grana.

Ele não precisa. Ele me tem pra fazer essa parte, não quer se envolver nisso. Não quer que amanhã você apareça aí com a polícia dizendo que foi ele o mandante do roubo.

Isso não vai acontecer.

Ele não te conhece, Rabudinha.

Nem você.

Mas eu sei farejar de longe outro vira-lata que nem eu. Sei que você vai fazer tudo certinho. Até porque é do teu interesse, ele disse, e sinalizou para que fôssemos andando.

Cara estranho, falei, ainda lembrando do que tinha visto.

O que você esperava, um torcedor barrigudo do Palmeiras?

Alguém que quisesse *O Guarani* mais que tudo na vida.

Ele só não falou, mas quer. Até conseguir e querer outra coisa.

Isso não é estranho?

Estranho nada. Todo mundo é assim, fabricando algum desejo, arrumando alguma necessidade nova pra dar sentido pra vida. A única diferença é que ele é rico. Ele compra arte.

E de onde vem essa grana toda?

O pai dele era banqueiro. A mãe era pintora. Os dois morreram quando ele era pequeno.

Parece que você conhece bem o J.

Mais ou menos.

Se conhecem de onde?

Ele é amigo de um amigo meu.

Você anda muito bem relacionado pra quem não tem dinheiro nem pra pagar um virado japonês.

Eu te trouxe trabalho. É normal que o fornecedor banque um ou outro agrado pro cliente. Mas, independentemente disso, se você quer saber, não ando com grana nem pra comprar Marlboro, o Biel falou. E, parando na banca à nossa frente, pediu ao rapaz um maço de Derby. Depois entramos na Praça Buenos Aires e sentamos no primeiro banco que apareceu.

O que você faz da vida?

Digamos que sou um vagabundo internacional.

Eu ri.

Achei que tava te impressionando, ele disse, e riu também.

Vagabundo internacional é o J., que é herdeiro. Você, pelo que sei, tá mais pra picareta municipal.

Olha o respeito.

Então me fala, o que você faz?

Já disse: nada. Ou melhor, todo o necessário pra não fazer nada.

Fiquei olhando, esperando uma explicação.

Agora, por exemplo, tô passando um tempo na casa de um cara. Otto Rudolph, já ouviu falar?

Não.

Foi ele quem me apresentou o J.

E?

Moro de graça, como de graça, descolo uma grana fazendo umas coisas pra ele.

Que tipo de coisa?

Coisas, o Biel disse e olhou para o outro lado, como se quisesse evitar o assunto.

Esse Otto... paga pra fazer sexo com você?, perguntei com uma surpresa genuína, porque, embora fosse um tipo interessante, o Biel estava longe de ter o biotipo de um puto.

Não, graças a deus meu trabalho atual não passa por esses trópicos, ele disse. E arrumando o chapéu: mas não me subestime. Saiba que durante dez anos fui sustentado por uma mulher. Uma cinquentona de seios extraordinários que me dava tudo e, em troca, só exigia uma coisa: que eu a esperasse em casa todas as terças, às cinco da tarde, com o pau duro e uma garrafa de Amarula na mão, enquanto o marido dela ia na fonoaudióloga para tratar da língua presa. Já pensou, dez anos tentando se livrar de uma língua presa? Claro que ele também devia ter uma amante no mesmo horário. E vou te dizer, a Yvone não foi a única. Tive outros simpatizantes que, por um motivo ou outro, acabaram me bancando e permitindo que eu passasse a vida sem o desprazer de ter uma carteira de trabalho. Depois de dizer isso, ficou alguns segundos em silêncio, como se assistisse a cenas do seu passado se projetando na copa das árvores. Até que baixou os olhos e disse: mas claro que não vivi só de moleza. Durante um tempo também tive que pegar no pesado. Fiz uns bicos aqui, na República Tcheca, na Sérvia, no Japão...

Esperei que ele fosse prosseguir, que fosse me explicar que bicos eram aqueles.

Mas a verdade é que sou um baita de um frouxo, ele disse. E, segurando um dos joelhos, continuou: além disso, tô com início de artrose. Não tenho mais idade pra ir pra cadeia.

Olhei para ele, tentando adivinhar que tipo de coisa podia ter feito pra correr o risco de ser preso. Depois, ainda tentando decifrá-lo, perguntei: e como é que um cara do teu naipe sabe que o Mário de Andrade e o Portinari eram amigos?

Na orelha do livro, li que os dois viveram na mesma cidade, na mesma época. Só podiam ser amigos, disse, e deu uma piscadinha.

Nessa hora, tive a impressão de que estava olhando para mim mesma. Para uma versão mais velha de mim mesma. Logo depois, o celular dele apitou.

Merda. É o Otto. Preciso ir e ainda nem falamos do professor.

Onde é que esse Otto mora?

Aqui perto, na Rua Minas Gerais.

Tô indo nessa direção. Vamos conversando, falei, porque queria concluir a conversa e também porque queria ver onde ele morava.

No caminho, ele me falou sobre o professor. Me contou que ele se chamava Cícero e dava aula de Língua Portuguesa nos cursos de comunicação da FAAP. Que quase todos os dias, depois da terceira aula, costumava tomar alguma coisa num barzinho lá perto, sempre sozinho. Que só podia ter algum problema, porque nunca se misturava, nunca se envolvia com ninguém, nem com umas alunas gostosas que volta e meia encasquetavam de dar em cima dele.

O cara é difícil assim, e você ainda quer dividir a grana cinquenta, cinquenta?, falei. Ele veio com aquele papinho de que precisava de mim tanto quanto eu precisava dele. Sugeri que ele ficasse com dez por cento. Lembro que nessa hora ele disse alguma coisa como: aqui não é restaurante, na rua a comissão é outra, e acabei aceitando o meio a meio.

Quando chegamos à Rua Minas Gerais, o Biel se despediu e entrou num casarão pintado de branco. Tive a impressão de que estava vendo errado, que estava sendo ludibriada pela minha miopia. Na janela do casarão tinha uma mulher enrolada com plástico até o pescoço.

Blazer de paetê Laurence Kazar

Não a reconheço de imediato porque ela tinha um cabelo marcante, uma odisseia de cachos dourados e muito provavelmente falsos que partiam lá de cima e davam diversas voltas até chegar perto da cintura. Dizem que gostava tanto do cabelo que se casou com um cabeleireiro, um cara que pudesse dar forma aos fios rebeldes logo de manhã. Se isso é verdade, não sei. Só sei que demoro para reconhecê-la quando atravessa o salão, charmosa com um turbante que lhe cobre quase toda a cabeça. A estampa em tons terra e a forma como o turbante está amarrado me fazem pensar em francesas brincando de ser africanas. Ela não é francesa, mas gosta de brincar. Costuma dizer: escolha meu prato, me surpreenda, e depois larga o cardápio sobre a mesa e bebe a água com rodelas de pepino que costuma pedir. É diurética, me disse uma vez. Mas hoje ela pede uma sopa, a única que temos no cardápio e, enquanto diz, um minestrone, reparo que sob a camisa dela está faltando um seio. Ligo os pontos: de lenço na cabeça e oca desse jeito, só pode estar com câncer.

Sinto uma comoção profunda, a Camila não deve ter nem quarenta anos, mas também sinto uma certa excitação ao perceber que ela deve estar frágil, vulnerável, distante das coisas deste mundo. Não sei se ela gosta de mulher. Hoje está com três amigas que parecem apenas amigas. Fora isso, sempre a vi com homens, primeiro uns tipos variados, depois o marido. Mas tem pessoas que são assim, só se mostram pela metade, às vezes ainda menos, e cabe ao visitante, quando disposto, adentrar a floresta. Nesses tantos anos de Elsas e camas, posso dizer que até o mais ordinário e insosso dos indivíduos sempre tem alguma surpresa a oferecer.

Me encosto na boqueta, é assim que se chama o lugar de onde saem os pratos num restaurante, e espero o minestrone. Não retoco o batom nem ajusto o avental sobre a bunda, como costumo fazer quando o assunto é homem. Mulheres costumam ser mais sofisticadas e dispensam esse tipo de recurso, então concentro minha energia em pegar o minestrone e atravessar o salão olhando para a Camila. Deixo o prato sobre a mesa e, tocando o ombro dela, digo: cuidado, tá quente. Depois sigo meu caminho pelo salão. É sexta, tenho várias outras mesas para atender. Pessoas comendo para matar a fome, comendo para sentir prazer, comendo para se acalmar, comendo para se esconder. Impressionante como um gesto tão rudimentar pode adquirir tantas variações quando filtrado pelo emocional estropiado do ser humano. Mas hoje nem tenho tempo para me alongar nesse tipo de pensamento porque as mesas pululam, as mãos acenam, tiro pedidos, sirvo bebidas, entrego contas, imagino como é um seio sem carne, um espaço sem função num corpo onde tudo tem função.

Estou de olho na Camila e percebo quando ela para de comer, deixando a colher atravessada sobre o prato e mais de meia sopa lá dentro. Me aproximo e retiro o resto do minestrone sem questionamento. E então proponho, como ela antes proporia: posso escolher tua sobremesa? Ela sorri. Uma cumplicidade bobinha mas ainda assim uma cumplicidade passa por nós como uma brisa. Voltando a ser ela mesma, e não dois olhos boiando num pensamento distante, ela se ajeita na cadeira e diz para mim: me surpreenda. A frase é sugestiva e dou uma risada safada, tão safada que ela baixa os olhos, mas percebo, no canto de sua boca, uma pequena curva que leio como um sinal de aprovação.

Vou até a boqueta e minto pro Alves, o responsável pelas sobremesas, que temos uma aniversariante na mesa onze e peço que faça alguma coisa especial, algo que ele faria para a mãe dele. Ele gosta de sair da rotina, da produção exasperante das mesmas sobremesas todos os dias, e me entrega uma massa porosa coberta com chocolate, acompanhada de uma vela. Dispenso a vela no caminho e ponho a sobremesa na frente da Camila, que parece gostar do que vê. Quebrando o protocolo da alta hotelaria, converso um pouco com ela e as amigas, falamos de doces e de gordos, conto de um cliente que costuma chegar sozinho, comer feito um desesperado, pagar a conta e depois ficar na mesa à espera de alguma mulher, para quem ele se finge de contido, jantando apenas uma saladinha. Elas riem, estão bêbadas, e sem consultá-las abro mais uma garrafa de vinho.

Não sei se é o álcool ou o apelo da sexta-feira à noite, a comichão da madrugada sem ponteiros nem regras, mas, depois que saio da mesa, a Camila me olha de longe, com curiosidade, e talvez com algo além disso. Nesses anos todos, nunca me olhou desse jeito, mas eu também nunca olhei assim para ela.

Quando ela vai ao banheiro, me coloco no balcão onde ficam as pias e enrolo por ali, até ela sair. Ela aparece e abre a torneira, agora estamos as duas de frente para o mesmo espelho. Arrumo o cabelo e, como quem não quer nada, digo que vou para uma festa depois que o restaurante fechar. Ela me conta que também tem uma festa para ir, bodas de cristal de um primo, vai ser uma merda. Damos risada. E, antes que a seriedade nos invada de novo, eu digo: vamos comigo. Ela me olha, parece pensar a respeito, mas não responde nada.

Volto para o balcão do bar, pego a bandeja, distribuo não sei quantos copos para não sei quantas bocas, assisto à Camila ir embora, assisto aos outros clientes irem embora, fecho todas as minhas mesas, calculo quanto fiz de gorjeta, visto minha jaqueta de couro e saio do restaurante pensando no que vou assistir na televisão.

Quando passo pelo chafariz, dou de cara com a Camila, parada, tossindo com um cigarro na mão. Aprendi a fumar esta semana, ela me diz. E depois, estendendo o maço na minha direção: quer um? Conto para ela que não fumo e, embarcando num pequeno silêncio, penso na desculpa que vou dar, porque é claro que a festa para a qual a convidei não existe. Mas, para minha surpresa, ela não toca no assunto, olha para um prédio prateado e maciço à nossa direita e diz: que coisa mais sem graça. E então, sem combinar nada, como que atraídas pelas luzes e sons à nossa frente, começamos a andar em direção à Avenida Paulista. Conto para ela que na cidade de onde venho, Lages, as pessoas gostam de fazer construções no formato de coisas. Ela me pede um exemplo. Cito uma loja que vende produtos avícolas no formato de uma pata. Uma pata perfeita, com bico e tudo. Conto que entrávamos na loja pela barriga da pata e lá dentro, como se estivéssemos passeando pela cloaca da bicha, encontrávamos prateleiras com ovos à venda. A Camila dá risada. Eu sei que ela é arquiteta, uma arquiteta premiada, conhecida por aí. Pergunto que nota ela dá para a pata. Dez, ela diz, contrariando totalmente a minha expectativa. E então me explica que a pata é uma sacada genial. Que durante décadas os arquitetos ficaram tentando aproximar forma e função, na maioria das vezes sem sucesso. Daí vem esse cara de Lages e, ainda que de um jeito tosco, faz o que nenhum arquiteto conseguiu, a mais completa equivalência entre forma e função: uma pata que dá ovos. Claro que merece dez, ela reafirma e dá risada, e eu penso no dono da pata, o Donizete, e no quanto ele não faz ideia do legado arquitetônico que está deixando para a humanidade.

Chegamos à Avenida Paulista. Camila vira para mim e diz: moro três quadras pra baixo. Tudo bem a gente dar uma passada lá em casa? Quero fumar um. Depois inspira e solta o ar, como se estivesse numa aula de ioga, e completa: comecei a fumar maconha esta semana. Dou risada e pergunto o que mais ela começou a fazer esta semana. Agora é ela que me olha de um jeito safado e diz: por enquanto, só isso. Digo que claro que podemos passar na casa dela. Ela não faz ideia, mas desde o começo é só isso que eu quero, passar na casa dela. E, enquanto ela comenta sobre os mendigos que dormem ali no Trianon, penso na quantidade de coisas que uma mulher como ela deve ter, a barafunda de roupas e objetos garimpados em tudo o que é canto do mundo. Quando me dou conta, já estamos na portaria, passando pelos olhos sonolentos do porteiro, entrando no elevador.

As portas abrem-se direto para a sala e eu avanço, impressionada com o que vejo. Do ponto de vista de uma pessoa qualquer, o apartamento é incrível. A sala tem uns cento e poucos metros quadrados, janelas do chão ao teto, uma espécie de bolha flutuando sobre a cidade. No meio da sala tem um sofá circular e uma cadeira pendendo do teto, como um balanço. Além disso, só uma estante e alguns quadros nas paredes. De fato, é um belo de um apartamento. Mas do ponto de vista de quem veio encher a bolsa é uma bela de uma bosta, porque é tudo limpo demais, vazio demais. Tudo bem, a estante até tem alguns pequenos objetos, mas todos bem dispostos, em lugares e ângulos que parecem ter sido estudados. Eu conheço esse tipo de gente, já fui à casa de outros estetas. Se você pega um negocinho qualquer eles percebem na hora, não que o negocinho faça tanta falta, mas porque sua ausência, de alguma forma, desequilibra o desenho do todo. Claro que ainda resta o principal, o closet, mas nem sei se chegarei lá e, pela minha experiência, não vai ser muito diferente. A casa é uma extensão da personalidade e costuma desdobrar-se em tudo da mesma maneira.

Camila senta no sofá e enrola o baseado, com uma falta de destreza que reafirma seu recente ingresso no mundo dos psicotrópicos. Um pastel, ela diz, levantando o cigarrinho todo torto entre os dedos. Depois acende, dá uma bola, me oferece. Conto para ela que não fumo e não bebo. Que sou uma mala. Que não gosto de sair do controle. Controle do quê?, ela me pergunta, e eu não sei responder. Mudo de assunto, pergunto com quem ela arrumou aquela maconha. Ela diz: com o estagiário do meu escritório. E então, não sei por que, começamos a rir.

Ela está bonita assim, desarmada e com os olhos caídos. Vamos chegando cada vez mais perto e, quando percebo, minha língua está dentro de sua boca. Gosto do que sinto, o hálito quente, o movimento sem pressa. Mas também tem alguma coisa de estranho, um gosto meio metálico na saliva dela. Quando acabamos, como se adivinhasse o que estou pensando, ela diz: o meu beijo é radioativo. Olho surpresa para ela, que continua: tô com câncer, fazendo radioterapia. Mas fica tranquila que a radioatividade que tenho no meu corpo é irrisória. Depois ela se levanta e, com o baseado em riste, continua: portanto, tire seu cavalo da chuva que hoje você não vai brilhar verde como o césio, nem se deformar como as plantas de Fukushima. Acho triste o que ela diz. Lembro de uma matéria que vi numa revista contando como as margaridas de Fukushima ficaram depois do acidente radioativo, nascendo com os miolos grudados uns aos outros, flores sufocadas como irmãs siamesas. E então penso no seio ausente da Camila como pensei antes, só que agora imagino nesse seio uma flor disforme.

É por isso que comecei a fumar maconha, ela diz, pra aliviar as dores e os formigamentos que sinto. Em que estágio tá teu câncer?, eu pergunto. Metástase, ela me diz. E depois, como quem conta o que vai fazer nas próximas férias, completa: logo mais eu vou morrer. Tenho vontade de dizer alguma coisa, mas acho melhor ficar quieta a falar merda. Ela senta na cadeira pendente. Uma esfera transparente de acrílico cortada ao meio. A fumaça sai de sua boca e se espalha pela meia esfera, uma fumaça leitosa que, tenho a impressão, ela gostaria de absorver por inteiro. De repente, ela começa a rir, a quase gargalhar. Dediquei a minha vida toda pra construir prédios, você acredita? Meu ex-marido me deu um pé na bunda porque eu passava o final de semana visitando obras, desenhando croquis, folheando revistas de arquitetura. E olha que o pior ele nem sabe, eu às vezes transava pensando em cobogós, em pilotis. Depois que ele gozava, eu virava pro lado e rabiscava o que tinha pensado num caderninho. Deu certo, gozei menos do que deveria, mas fiz obras relevantes. Daqui a cinquenta anos, meu nome vai continuar por aí, as pessoas vão falar: olha o prédio da Camila Freire. Mas a que custo. Quanta abdicação. Quanta pobreza afetiva, ela diz, e empurra o pé contra o sofá, movimentando o balanço. E o pior nem é isso, ela continua. O pior é que ninguém prepara a gente pra essa merda. Você tá lá trabalhando, postando fotinho nas redes sociais, segurando teu dry martini numa festa e, de repente, aparece um cara de jaleco branco e diz: querida, acabou pra você. E daí fodeu. Porque a gente vive numa sociedade que prepara a gente pra distinguir um vinho frutado de um amadeirado, mas não prepara a gente pra morrer. Ninguém fala sobre isso. É a coisa mais arrebatadora que existe, e ninguém discute o assunto. Como se a única forma de permanecer vivo e relativamente satisfeito seja fazendo de conta que a morte não existe. E daí você, que foi subitamente agendada com a dita-cuja, sai enlouquecida em busca de alguma religião, de alguém que saiba um pouco sobre esse negócio. Mas, além de ninguém ter muita certeza de nada, nenhum ensinamento é absorvido na hora, nenhuma batina ou terreiro oferece o curso Prepare-se para a Morte em Apenas um Mês, ela diz e impulsiona de novo o balanço, de um jeito que me faz pensar num barco zarpando do cais. Pra você ter uma ideia, ela continua, logo que eu soube do diagnóstico, me senti tão desorientada que, almoçando com o pessoal do escritório num restaurante chinês, chamei o garçom num canto e perguntei se ele não podia me vender um saco de biscoitos da sorte. Você acredita nisso? Eu, aquela pessoa tão estudada, mestrado na Escola Paris La Seine, sentei em casa à noite com uma garrafa de vinho e abri todos aqueles biscoitos em busca de uma frase que me trouxesse algum alento. E falando em vinho..., ela diz, e sai do balanço, voltando logo depois com uma garrafa e duas taças na mão. Esqueceu que não bebo?, eu digo. É mesmo, tô muito chapada, ela responde e, ignorando as taças, gruda a boca no gargalo.

Depois senta ao meu lado. Afasta meu cabelo do rosto. Mulher, a terceira coisa nova que faço esta semana, diz baixinho, e me beija. Minha mão avança pelo pescoço dela, pela nuca, pelo turbante. Sentindo que ela não se contrapõe, puxo o turbante, que se desfaz entre meus dedos. Olho para ela e, com alguma surpresa, percebo que continua bonita, o rosto delicado salvando-a da estranheza da fêmea sem juba. Continuamos nos beijando e, quando percebo, estamos no chão. Ela tomando mais um gole, minhas mãos passeando por ela, descendo pela pista lisa e sem seio que vai até a barriga. Minha boca começa a descer também. Vou abrir os botões da camisa, mas ela não deixa. Então aperto suavemente a boceta dela por cima da calça. Uma, duas vezes. Passo a língua pela barriga, vou abrindo o botão, o zíper. Ela geme e depois diz: droga, tô muito tonta. E, levantando de um jeito trôpego, se ajeita sobre as duas pernas e vai correndo para o lavabo. Escuto ela vomitando. Uma, duas vezes. Penso: graças a deus. Não que o lance esteja ruim, a Camila até que é gostosa, mas eu tô trabalhando desde as seis da tarde e sabe como é, um clitóris desconhecido é um enigma, nunca se sabe quanto tempo levaremos para resolvê-lo.

Logo depois ela volta, me pedindo desculpas. O corpo exalando sabonete. Digo: relaxa, deita aqui, e mostro meu colo para ela. Ela se aninha. Pela primeira vez, percebo que, mesmo estando num andar alto, é possível ouvir a cidade. Uma freada, a música de uma festa distante. Alguns minutos depois, ela pega no sono. Penso que é melhor levá-la para o quarto porque assim, se ela acordar, eu vou ouvir.

Pego-a no colo e avanço pelo apartamento. Com o maior cuidado, coloco-a sobre a cama, tiro os sapatos. Acendo a luz da mesinha de cabeceira. Observo suas pálpebras, o globo ocular girando agitado sob a pele, já está no sono profundo. Eu entro no closet. Confirmo o que imaginei, a Camila não é dada a excessos. Tem poucas coisas e boas. Muito boas. Como as botas Valentino da última coleção, bordadas com flores, coisa de uns sete mil reais. Ou um vestido rodado de uma coleção clássica do Alexander McQueen. Mas como subtrair uma coisa daquelas sem chamar atenção? Dou uma olhada nas roupas mais básicas, calças e camisetas, mas essas não valem grande coisa. E então percebo, no canto do armário, um negócio que adoro, as capas plásticas de proteção, porque você pode tirar o que for lá de dentro que ninguém vai notar tão cedo. Abro o zíper de uma para ver o que esconde. Um blazer de lantejoulas, do cultuado – foi a Tiana quem me ensinou – Laurence Kazar. O blazer ainda está com a etiqueta da lavanderia, de quase um ano atrás, o que indica que a Camila usa aquela peça muito de vez em quando. Que provavelmente nunca mais vai usar. Tiro o blazer com cuidado do cabide e fecho a capa.

Depois volto até a Camila. Puxo a coberta sobre seu corpo, apago a luz. Quando estou saindo do quarto, escuto ela falar: caramujo. Tomo um susto. Mas, voltando a cabeça para dentro, percebo que ela está sonhando. Com caramujos.

O triste fidalgo

Combinei de me encontrar com o Biel no bar da faculdade, um pouco antes do horário em que o Cícero costumava aparecer por lá. Ele tinha me avisado que talvez não fosse tão fácil pegar o professor de primeira, mas não botei muita fé. Achei que seria só balançar os peitos e, blin blon, levar o coelho para a toca. Não que eu me ache tudo isso, mas tenho alguma experiência, tenho sei lá quantos quilômetros rodados no trajeto bar-cama. E, naquela noite, eu tinha me preparado para o negócio. Me olhei no espelho e pensei que tinha montado uma boa personagem. Nada muito longe da realidade porque mente melhor quem mente baseado em fatos reais. Então eu era a garçonete de um restaurante qualquer, que não tivera a oportunidade de fazer faculdade e, sonhando em ser jornalista, resolvera fazer aulas como ouvinte na FAAP. Eu tinha pesquisado isso, qualquer um podia frequentar aulas na categoria de ouvinte, desde que houvesse espaço e o professor aceitasse a presença. Para parecer uma mocinha gente boa de vinte e poucos anos, botei uma saia longa, uma regata decotada e uns brincos meio hippies que quase batiam nos meus ombros. Estava bonita, mas talvez não para o gosto do Biel.

Por que uma saia solta logo hoje?, perguntou assim que me viu.

Porque nem todo mundo gosta de polpetas seminuas, disse, pensando na trampa que ele tinha levado ao restaurante.

O Biel não se importou com a minha patada. Continuou com aquela expressão de quem está sendo massageado pela vida. Depois contou o que eu ainda precisava saber. Que abordou o Cícero se passando por um jornalista. Que disse a ele que estava fazendo uma matéria sobre professores, Como Vivem os Professores no Brasil, que adoraria entrevistá-lo na casa dele e, se possível, fazer umas fotos. Assim, o Biel havia planejado, entraria na casa do Cícero e, conversa vai, conversa vem, surrupiaria *O Guarani*. O Cícero disse que achava a matéria muito interessante, mas não era ele, um professor de faculdade particular, que o Biel deveria entrevistar. O Biel deveria ir atrás dos professores de faculdades públicas, de cidades pequenas, os mal remunerados. Era essa matéria que ele deveria fazer. Com gente que mostraria, como numa espécie de *Revista Caras* às avessas, a estante desdentada de quem nem como mestre tem acesso à cultura. O Biel argumentou que seria interessante mostrar os dois lados, professores do ensino público e privado, mas o Cícero foi taxativo: foco nos desvalidos!

E daí você não tinha outra carta na manga, eu disse para o Biel.

Até tinha. Pensei em ficar amigo do Cícero. Mas, como já te disse, isso é impossível, o Biel falou e encheu mais um copo de cerveja. Depois, concluindo que seria estranho qualquer elo entre nós, tratamos de ir cada um para um canto do bar.

Me sentei sozinha com um caderno em uma das mesas, enquanto o Biel, numa tranquilidade irritante, ficou batendo papo com o cara do bar. Não digo barman porque tudo o que aquele sujeito fazia era manusear um abridor de garrafas. A galera da faculdade bebia só isso – cerveja – em copos de plástico e de pé na calçada. Olhando para o bar vazio com aquela muvuca lá fora, cheguei a pensar que talvez o álcool batesse mais rápido no corpo ereto, que era mais otimizante beber de pé do que sentado. Mas acabei chegando à conclusão de que a verdade era mais doce. Que as pessoas de vinte anos ainda estão muito mais próximas da infância do que da velhice, que para elas tudo ainda é relativamente novo e fascinante, que ainda são como insetos hipnotizados pela lâmpada da vida e, por isso, preferem olhar para os transeuntes, para as ruas, para o céu, para as possibilidades, a ficarem num espaço fechado olhando para dentro de suas cabeças. Mas claro que a idade é relativa. Lá estava eu como a velha que sempre fui, me enovelando nas minhas teorias. Lá estava o Biel vivendo seus eternos dezoito anos, de papo com o cara do bar, rindo de alguma bobagem que passava na televisão. E lá estava o Cícero, com seus cento e tantos anos, entrando no bar de cabeça baixa, sentando de cabeça baixa, retorcido dentro da casca seca do ensimesmamento. Eu nem precisava que o Biel tivesse me olhado e feito um sinalzinho com a mão para saber que era ele. Além de bater com a descrição física, levava sua alma do lado de fora, como um paletó pendendo no antebraço ou um guarda-chuva. Era mais bonito do que eu imaginava. Alto, magro, com cabelos loiros cacheados que quase escondiam a sua calvície. Também usava óculos, um modelo ovalado de armação muito fina, como o dos intelectuais europeus. Um cara bonito, solteiro, com grana, trabalhando no que gostava e – como confirmei depois – infeliz como poucos. O que me fez pensar que as pessoas podem perceber a realidade de maneiras muito diferentes. A taça de vinho que o garçom deixou sobre a mesa do Cícero era um bom exemplo. Uma taça de vinho que eu vi com indiferença, que o Biel veria com prazer, que algum depressivo veria com desânimo, que algum paranoico veria com desconfiança, que algum alcoólatra veria com o sentimento ambíguo de saciedade e insuficiência e que Cícero, eu logo soube, viu com medo. Ou melhor: como uma salvação ao medo. Eu o observei: ele virou a taça de vinho de uma só vez, como quem toma um remédio, e depois limpou a boca com um gole de Coca-Cola. Eu, que estava uma mesa à frente, voltada para ele, senti que não poderia ter oportunidade melhor para puxar papo. Ainda não entendi se o vinho era ótimo ou péssimo, eu disse, sorrindo para ele. Péssimo, como todos os vinhos. Mas tomo um cálice todos os dias. Tomo porque meu pai morreu do coração aos quarenta anos. Me inclinando para a frente, eu disse: se aconteceu com ele, não vai acontecer com você. Seria muita coincidência. Talvez não, ele falou, mas isso não importa. Um medo pode ser infundado, mas a dor gerada por ele é real. A dor é sempre real. Pensei: puta que o pariu, devia ter sido mais firme na negociação de grana com o Biel. Minha vontade era dar tchau e bênção e virar as costas, mas me levantei, me aproximei da mesa dele com uma cara fofa e disse: posso sentar? Claro, ele respondeu, e apontou para o lugar à sua frente.

Me sentei, pedi uma água. Enquanto acenava para o garçom, percebi que ele olhava para o meu decote, o que me fez prolongar o gesto, deixando que o Cícero se divertisse mais um pouco. Depois, virei para a frente e contei todo o blá-blá-blá que eu tinha planejado, por fim dizendo que adoraria frequentar a aula dele como ouvinte. Na verdade, eu não pretendia assistir a nenhuma aula. Como já disse, meu plano era levá-lo para casa dele naquela mesma noite, mas pensei que pedir a vaga de ouvinte serviria para duas coisas: 1. friccionar o ego da vítima, o que sempre funciona muito bem, e 2. engatar um plano B, caso a investida da noite não desse certo. Assim, fiz uma carinha suplicante e disse:

Eu gostaria muito, muito de frequentar a tua aula.

Entendi. Agora, vem cá. Se é pra ser ouvinte, por que você não tenta ser ouvinte na USP?

Aquela pergunta me pegou de surpresa. Fiquei olhando para ele e pensando no que dizer. Ele mesmo continuou: a FAAP só tem filhinhos de papai, reacionários, fidalgos de direita... Depois de dizer isso, me olhou com desconfiança, como se estivesse perguntando se eu também não era um desses tipos.

Eu trabalho pra esses lados. Precisaria pegar duas ou três conduções pra chegar à USP, eu disse, já sinalizando que não era nascida em berço esplêndido.

Você trabalha no quê?

Sou garçonete.

É mesmo, garçonete de onde?

De um restaurante por quilo.

Legal, ele disse. E senti que nessa hora se desarmou. E você tá a fim mesmo de estudar?

Claro.

Digo isso porque sou meio chato, exigente. Tem aluno que desiste da minha matéria.

Eu nunca faria isso. Terminei o segundo grau com muito esforço. Eu não tô correndo atrás dessa vaga de ouvinte por brincadeira. Você pode ter certeza de que vou me agarrar a ela como quem se agarra ao último refrigerador na queima de estoque nas Casas Bahia.

Ele deu um meio sorriso, o que já considerei uma vitória. E então disse: se é assim, a vaga de ouvinte é sua.

Ai, você nem imagina como eu tô feliz.

Que bom, ele falou. E fez sinal para o garçom trazer a conta.

Peraí. Eu gostaria de te pagar uma taça como agradecimento. Posso?

Obrigado, mas, tirando esse cálice diário de vinho, eu não bebo. Me desculpe se te ofendo dizendo isso, mas acho o álcool uma droga idiotizante. Se for pra destruir meu fígado, prefiro destruir comendo gordura, que pelo menos não me faz passar vexame.

Então posso te pagar uma outra Coca?

Ele olhou para o relógio, depois de novo para mim. Uma Coca eu aceitaria, mas dou outra aula daqui a pouco, já tá muito em cima. Em seguida, abriu a carteira, colocou uma nota embaixo da taça e, com setenta por cento de um sorriso, completou: mas a gente se vê na aula de quarta, não é mesmo?

O poder reconciliatório das coisas cintilantes

Cheguei com o blazer como um namorado chega com flores depois de uma briga. O bordado colorido na mão, os olhos baixos, o rabo entre as pernas. A porta de vidro estava fechada e achei melhor não entrar. Fiquei ali parada, com o rosto na altura da palavra Bardot, assistindo à Tiana arrumar as araras. Ela demorou um pouco para sentir minha presença. Quando me viu, levou um susto. Depois, ficou me olhando de um jeito estranho, aparentemente indecisa entre me mandar embora ou me chamar para dentro. Tomei o silêncio como permissão e empurrei devagar a porta, sentindo aquele perfume de que eu gostava, o perfume que a Tiana borrifava na loja para encobrir um cheiro inerente às peças de segunda mão.

Parei perto dela e disse alguma coisa para quebrar o gelo. Só então ela percebeu o que eu trazia comigo. Inclinou-se na direção do bordado, olhou-o com curiosidade e fascínio, como se estivesse admirando uma pequena amostra da superfície lunar. É Laurence Kazar?, perguntou. E, antes que eu respondesse, ela mesma conferiu a etiqueta. Incrível como essa bicha borda bem, disse. Depois voltou a habitar sua ilha, mexendo mecanicamente nas araras.

Pensei que teria que fazer um esforço. Que precisaria de algo mais do que um bom produto para tirá-la do mutismo em que eu mesma a colocara. Com certa dor – porque minha ideia era fazer uma grana em cima do blazer – toquei seu braço com a aspereza das escamas de paetê e disse: toma, é de presente pra você. Pra mim?, ela perguntou, com uma incredulidade que me comoveu. Fiz que sim. E então observei-a enfiar com ansiedade os braços dentro das mangas. Um pouco justo, concluiu, olhando-se no espelho. Mas tudo é sempre um pouco justo pra uma mulher grande como eu. Qualquer coisa, só jogo nos ombros, disse, e simulou o movimento. Depois, completou: será que é meio over jogar esse blazer nos ombros na saída de um cinema? Fiquei olhando para ela, pensando na natureza daquela pergunta, teria sido convidada para alguma pré-estreia? Claro que não fica over, eu finalmente disse, sabendo que era o que ela queria ouvir. Então ela se virou para mim e, com uma expressão subitamente desarmada, contou: conheci uma pessoa.

Depois me chamou para tomar um chá na salinha de trás, mas nem chegou a acender o fogo. Sentou-se ao meu lado no sofá e, segurando as minhas mãos, como se não quisesse deixar escapar nem um átomo da história, começou a contá-la. Disse que conheceu a tal pessoa, Marcelo, numa farmácia, onde ela estava comprando lâminas de barbear e ele adesivos descongestionantes para o nariz. Chegaram juntos à fila e ele deu passagem para ela, um gentleman, posto que a enxergou como alguém digna de uma gentileza, embora, claro, o verdadeiro intuito do gesto fosse olhar seu derrière (a Tiana adorava palavras em francês), o que ela também achou ótimo, tanto que fez questão de empiná-lo até sentir um fisgamento na lombar. Constrangida em estar comprando Prestobarba, meteu logo a caixinha na sacola e saiu da farmácia, não sem antes dar uma última olhada no sujeito. Um cara mais velho, algo entre quarenta e cinquenta anos, não exatamente bonito mas bonito, com uns olhos claros e uns cílios compridos que até pareciam trabalhados no curvex. Alguns minutos depois, enquanto caminhava pela rua com sua sacolinha e seus tamancos de salto, ouviu uma voz dizendo: tô meio perdido, será que você pode me ajudar? No centésimo de segundo que levou para se virar, sabia que era ele que iria encontrar, já sabia a expressão que ele estaria fazendo, como se fossem íntimos num mundo paralelo e distante. Eu tenho uma reunião na Alves Guimarães e tô sem bateria, não consigo me achar. Você faz assim, ela disse, e começou a explicar o caminho para ele, mas a rua não estava tão perto e, depois de ela dizer uns quatro vira aqui, vira ali, os dois começaram a rir e chegaram à conclusão de que era melhor ele pegar um táxi. Como estava adiantado, ainda faltava uma hora para a reunião, perguntou se ela não queria tomar alguma coisa. Entraram juntos num café obscuro da Pedroso de Moraes, e ela chegou a se perguntar o que estava fazendo com um estranho num lugar estranho, mas ele tinha um jeito sério, usava terno e gravata e, como ela já havia dito, parecia conhecê-lo de outro mundo. Então, sem mais ressalvas, entregou-se à sensação de intimidade que ele despertava e pediu um espresso, já que aquela birosca não tinha chá quente. Conversa vai, conversa vem, descobriu que o Marcelo era advogado, que tinha uma ex-mulher e dois filhos e que, assim como a Tiana, gostava de filmes antigos e de Lady Gaga. Quando a música que suscitou o assunto acabou e suas pernas já tinham roçado embaixo da mesa muito além do que a coincidência permite, ele disse: vamos embora daqui. E, mostrando que sabia muito bem aonde estava, que aquela história de que estava perdido era apenas uma arapuca improvisada, completou: vamos ali pra Praça dos Omaguás. Chegando à praça, entraram num predinho de dois andares, com escadas cobertas por um tapete gasto. O quarto tinha uma janela que dava para a praça, mas isso ela só foi ver depois. Treparam antes mesmo de chegar a cama, com uma intensidade quase agressiva que só a testosterona mútua ou a paixão recém-desatada pode explicar. Quando terminaram, ela abriu as janelas e – disso nunca mais ia esquecer – viu o letreiro meio queimado do hotel piscando hot, como se sublinhasse o calor que sentia por baixo e por fora da pele. Um calor que ele também devia estar sentindo, porque não foi à reunião, não foi à aula de tênis, não foi jantar com os filhos. Se comeram a tarde e a noite toda, como se o nosso estado natural fosse a conjunção e não o indivíduo, só saindo do quarto para pegar coxinhas e cerveja na padaria por volta da meia-noite. E depois?, eu disse, interrompendo um breve silêncio. Depois ele me mandou violetas. Uma caixa de violetas. Porque naquelas conversas íntimas que a gente só tem quando tira a roupa com alguém, contei pra ele que, na minha formatura do colégio, eu queria ir vestida de violeta. Vestido, sapatos, arranjo de cabelo, tudo violeta. E sabe como eu fui? De calça jeans, camisa e suspensórios, arrastando um bezerro. Porque no interior é assim, meu bem, a gente dá bicho de presente pro professor na formatura. Dei risada. Ela também. Ficamos assim, imaginando a cena e rindo, por um tempo. Até que eu perguntei: e quando vocês vão se ver de novo? Amanhã nós vamos ao cinema, a Tiana me disse, com a mesma expressão enlevada de antes. E então, olhando para ela, me dei conta de que não foram as lantejoulas nem os canutilhos que a fizeram se reaproximar de mim. Que eu podia ter vendido o blazer para ela, que tudo bem. Que eu podia ter aparecido de mãos vazias, que tudo bem. O que a fez se reaproximar de mim eram coisas miúdas que cintilavam dentro dela, loucas para ser admiradas, divididas. Vistas sob uma nova luz.

Autor bom é autor morto

Nunca imaginei que voltaria para uma sala de faculdade. Menos ainda para fazer o que eu estava fazendo. Camuflada com minha saia indiana e meu decotinho, mordendo uma caneta, fingindo concentração. Não era Cícero quem estava no tablado. Ele estava algumas carteiras à minha frente, assistindo à apresentação de um aluno. Pelo que entendi, naquele semestre os alunos de jornalismo deveriam escolher um romance para falar a respeito.

Quando o cara começou a se repetir, Cícero interrompeu-o: por favor, sem mais delongas. Subindo no tablado, disse que o trabalho foi bem-feito, que o livro foi bem analisado, mas era uma pena que ele tivesse escolhido aquele autor. Por quê?, o aluno disse. Porque autor bom é autor morto. O resto é estagiário de autor, Cícero respondeu, e deu uma olhada para mim. Se o problema é esse, o aluno falou, então não tem problema, esse escritor se matou em 2005. Com uma expressão de desprezo, Cícero falou: 2005 foi ontem. Quando falo de autor morto, falo de quem morreu há cinquenta, cem anos. Autores cuja obra já passou intacta pelo filtro do tempo. Ouvi um muxoxo na turma, o aluno parecia querido por todos e sabe-se lá quantos outros já estavam fazendo trabalhos sobre autores vivos ou ainda frescos no túmulo. Foi então que alguém no fundo resolveu defender o colega. Professor, o Hunter Thompson reinventou o jornalismo. É verdade, o Cícero disse, mas é esse tipo de reportagem que vocês querem fazer? Ficar por aí se drogando e falando de cultura pop e escrevendo de qualquer jeito? Percebi que um aluno, chapado demais para entender a crítica, fez um sim veemente com a cabeça. O Cícero continuou: o jornalismo é um instrumento de mudança social. Vocês, que vão empunhar a pena, têm o privilégio de transformar a sociedade, dando voz às minorias. Cada um faz o que quiser, mas acho muito mais válido, por exemplo, escrever sobre a violência contra negros ou homossexuais do que sobre músicos ou motociclistas ou sabe deus o que, ele disse, e olhou de novo para mim. Depois deu uma espiada no relógio e disse que a turma estava dispensada.

Guardei meu caderno com um olho na bolsa, outro no Cícero. A minha movimentação estava calculada. Se nenhum aluno fosse falar com ele, eu deveria ser rápida o suficiente para pegá-lo antes que fosse embora. Se alguns alunos o abordassem, eu deveria enrolar tempo suficiente para ser a última a falar com ele, de forma que a conversa pudesse se alongar e, quem sabe, pudéssemos sair juntos da faculdade. Então remexi minha bolsa à procura de um objeto inexistente por algum tempo, enquanto o Cícero conversava com um garoto e o resto da boiada sangue azul ia saindo pela porta. Percebi que eu observava, mas também era observada, o professor me olhou duas vezes, talvez se perguntando o que eu procurava de maneira tão insistente, ou de que cor deveriam ser meus mamilos. Quando senti que a sala estava vazia e o garoto já se precipitava em direção à porta, fingi com um leve sorriso ter encontrado o objeto procurado, botei a bolsa no ombro e fui descendo pelas fileiras até topar com a mesa do Cícero. Adorei tua aula, falei para ele. Que bom que você gostou, ele disse, e deu uma olhada rápida para o meu decote. Depois continuou: a próxima vai ser melhor ainda, o Rodrigo vai falar sobre o *Primo Basílio*. É mesmo?, eu disse, sem fazer ideia se aquilo era o título do livro ou o nome do autor. Eu ia dizer que adorava literatura brasileira – ainda bem que não fiz isso, pois, como descobri depois, *Primo Basílio* é um romance português – quando senti uma presença ao meu lado. Virei e dei de cara com uma garota que devia estar no fundo ou no outro canto da sala, porque havia escapado à minha vista. Não era feia nem bonita. Talvez pudesse ganhar uma faixa de Miss Simpatia em alguma cidade sem muitos habitantes. Também pensei que devia ser bolsista ou ouvinte, pois usava umas roupas baratas que não enganavam meu olho. E segurava na mão uma folha cheia de texto, que sacudiu no ar. A matéria tá pronta, professor. Vamos ver? Claro, o Cícero disse para ela. E então esperamos que ela se afastasse um pouco, que nos deixasse com nossa conversa, mas a intrusa continuou no mesmo lugar, com a folha em riste. Não sabendo o que fazer, o Cícero nos apresentou: a Anita também é ouvinte, tô dando uma ajuda pra ela. Olhei com desconfiança para os dois. Acho que o Cícero percebeu, pois continuou em tom de explicação: não que eu costume ajudar os alunos com redação de matérias, mas, já que o professor de redação jornalística prefere não democratizar o conhecimento, se recusando a corrigir texto de ouvinte, resolvi dar uma força pra Anita. Até porque essa matéria que ela tá escrevendo é..., procurou uma palavra e continuou: imprescindível. Virei para a Anita, que nesse momento abanava com força um rabinho imaginário. Depois voltei-me para o Cícero, que seguia olhando para mim, preocupado em me manter na conversa. Sabe o que a Anita descobriu? Que nesta faculdade inteira não existe um único negro. Só um mameluco, ela disse com empolgação, como se preferisse que ainda estivéssemos vivendo no regime escravagista, com negros arrastando bolas de ferro, só para que ela tivesse para uma boa matéria. Nem um cafuzo?, perguntei, sem nem ter muita certeza do que essa palavra queria dizer. Nem um cafuzo, nem um mulato, ela disse. Virei para o

Cícero, que não tirava os olhos de mim, e balançamos a cabeça, num gesto de reprovação contra o sistema. Depois, sentindo que a folha na mão da Anita não cederia nem um grau em sua impávida inclinação – e que Cícero era muito correto para escantear aquela aluna tão aplicada –, optei por manter a minha dignidade e me retirar, pedindo licença para os dois.

Uns cinco minutos depois, passei na frente da sala com o celular na orelha, fingindo falar com alguém, fingindo estar a caminho da biblioteca. Vi os dois sentados atrás da mesa do Cícero, ele riscando alguma coisa na folha, ela olhando embevecida para ele. Sem nem saber, a filha da puta tinha conseguido o que eu queria: ficar a sós com o professor. Dei uma enrolada na biblioteca e, dez minutos depois, passei de novo na frente da porta. Eles não estavam mais lá.

La pistola en la boca

Eu poderia ter ligado, mas preferi ir até lá. Queria ver o Biel, saber como vivia, saber quem era a mulher que vi pela janela. Era uma tarde quente de segunda-feira e as janelas estavam abertas, mas não havia nenhum movimento além das moscas e abelhas que zumbiam no jardim. Fui até a porta, toquei a campainha. Logo percebi que estava quebrada, o botão afundava-se frouxo e mudo. Pensei em bater palmas, mas, quando vi, minha mão já girava o trinco. Avancei pelo hall, depois pela sala vazia. Era uma casa estranha, desleixada demais para sua fachada quatrocentona. Os móveis eram velhos ou talvez apenas malcuidados, algumas cadeiras estavam chamuscadas, outras manchadas de tinta. Todos os objetos da sala se concentravam numa mesa de centro, como se ali houvesse um ímã capaz de atrair todo tipo de coisa: abridor, cigarros, cinzeiro, livros, cola, tesoura, fita adesiva, binóculos, espelho, garrafas, miudezas que sumiam em meio a outras miudezas e uma lava lamp vermelha, cuja hemácia gorda subia lentamente em direção ao topo. À medida que fui avançando, também percebi que tinha uma música rolando baixinho. Fui em direção ao que ouvia. Ao atravessar a porta que ficava nos fundos da sala, me deparei com um pátio interno, onde o Biel, de costas para mim, aguava plantas cantando aquela música famosa do Abba, *Dancing Queen*. Estava vestido de um jeito meio ridículo, de chapéu, calção, meias e chinelos. Segurava o regador com uma mão e o cigarro com a outra. Depois de tragar, pousou o cigarro na borda de um vaso.

Coitada dessa planta fumando Derby, eu disse.

Puta que o pariu, Rabudinha. Quer me matar do coração?, ele falou e largou o regador. Já recomposto do susto, apontou para o vaso: isso aí é pacová, pacová não tem frescura. Depois apagou o cigarro e me conduziu até a sala, até o sofá que ficava junto à mesa altamente povoada. Contei para ele sobre meus dois encontros com o Cícero. Depois perguntei se ele conhecia a Anita, se achava que o professor tinha alguma coisa com ela. O Biel me falou que não sabia, mas que achava que não, pelo menos nunca tinha visto os dois juntos. Eu disse que perguntei por perguntar, mas que também achava que não tinham nada ou nada de tão relevante, pois o Cícero pareceu mais interessado em mim do que nela. Sabia que tinha escolhido a pessoa certa para esse trabalho, ele disse, depois abriu uma garrafa de uísque que estava sobre a mesa, oferecendo um copo. Contei para ele que não bebia. Ele fez um brinde solitário no ar. Devia ser sua primeira dose do dia, pois sorveu-a como a minha tia sorvia a hóstia depois de uma semana plena de pecados. Ele ainda estava de olhos fechados, com as papilas gustativas em transe, quando ouvimos um berro vindo da área íntima. Logo depois, um cara magro e branco entrou pela sala gritando: puta que o pariu esse cachorro! Estava de calça de pijama, cabelos desgrenhados, aquela cara de quem ainda está com um pé aqui, outro no éter. Percebi que ficou meio sem jeito ao me ver, ajeitou rapidamente os cabelos. Depois, aproximou-se da mesa e disse: Otto, muito prazer. Em seguida, sentou-se junto com a gente e, desfazendo o sorriso que improvisara só para me cumprimentar, falou:

Não aguento mais esse cachorro do vizinho me acordando feito uma galinha.

Galinhas cantam às seis da manhã, o Biel falou. Agora são duas da tarde.

Então antes fosse uma galinha. Pelo menos às seis da manhã eu ainda tô acordado. E falando em estar acordado..., o Otto disse e virou-se para o Biel: você precisa comprar mais leite.

Já?

Aquele que tinha aí acabou.

Tá bom, mais tarde eu compro.

Mais tarde, não. Agora. Tenho uma porrada de coisas pra fazer hoje, o Otto falou, e, abrindo uma carteira que estava sobre a mesa, botou quatrocentos reais na mão do Biel. Fiquei pensando que leite era aquele para custar tão caro. Certamente um pouco nutritivo, a julgar pelas costelas aparentes do sujeito.

Vou me vestir, o Biel disse em seguida, e nos deixou na sala.

Assim que ele saiu, o Otto perguntou: de onde você conhece essa figura?

Da noite, falei, apelando para a resposta mais evasiva que encontrei.

Ele não sai sem a porra daquele chapéu. Mês passado rolou uma festa aqui em casa e uma idiota dormiu no sofá, com um cigarro aceso na mão. O sofá pegou fogo, a casa começou a pegar fogo. Acordei com os gritos e corri pra rua. Quando chego à calçada, encontro o Biel vestido só de cueca e chapéu.

Que que tem eu?, o Biel disse, surgindo pela porta, ajeitando o chapéu na cabeça.

Nada, o Otto falou, e piscou para mim.

Vendo que o Biel se dirigia para a porta, levantei. O Otto olhou para a minha bunda. Depois disse: você não precisa ir. Se quiser, pode esperar o Biel aqui comigo. Antes que eu respondesse, o Biel falou: ela vai comigo, e lembro que gostei disso, embora também tenha me irritado com o fato de o Biel responder à pergunta por mim.

Então vem aqui na sexta, vai rolar uma festa, o Otto falou.

Venho sim, eu disse. E depois saí com o Biel.

Quando chegamos à calçada, o Biel veio se despedir de mim.

Você não falou que eu ia com você?, disse para ele.

Você quer vir comigo?

Preciso fazer hora até as seis da tarde, quando começa meu turno no restaurante. Não vale a pena ir pra casa agora, menti.

Então vamos, ele falou. E entramos no primeiro táxi que apareceu.

O Biel – logo fui percebendo – era do tipo que gostava de puxar papo com todo mundo, tanto que engrenou numa conversinha sobre a flâmula que o taxista tinha no retrovisor. Quando a conversa morreu, perguntei:

Esse leite que você vai buscar... é em pó?

Exatamente.

Você também cheira?

Muito de vez em quando. Vagabundo não pode se viciar em nada. Vagabundo que precisa de muita coisa pra viver acaba tendo que trabalhar. E daí deixa de ser vagabundo.

E o Otto?

Esse nem tem mais narina, ele disse, e fez uma cara estranha, como se estivesse lembrando de uma cena desagradável. Depois, virou-se para mim: e você, usa o que pra aguentar isso tudo? Pelo gesto que fez com a mão, entendi que se referia à vida.

Cafeína.

Pô, Rabudinha.

Qual é o problema?

Café é uma droga pilantra. Não dá barato nenhum, só serve pra deixar a pessoa mais produtiva, pra dar peteleco na nuca. Você há de convir que uma droga que patrão oferece de graça pra empregado não pode ser coisa boa.

Pra quem tem que atender a dez mesas ao mesmo tempo pra não morrer de fome é coisa ótima, falei. E depois, olhando para ele: agora me conta, que você faz além de comprar leite?

Administro a casa, cuido das plantas e, principalmente, escuto o Otto. Aguento ele trincado, falando, pirando, depois que todo mundo vai embora.

Todo mundo quem?

Os doidos que andam por lá.

Trabalhinho puxado esse teu.

Todo mundo escuta merda. Pelo menos eu escuto sentado, de chinelos, bebendo uísque. E então, esticando o braço: pode estacionar aqui à esquerda.

Descemos na frente de um predinho de dois andares. O Biel perguntou se eu queria subir com ele. Eu disse que não, não queria me meter em merda à toa. Ele falou para eu esperar, não demoraria nem cinco minutos. Depois tocou o interfone e entrou pelo portão.

Fiquei observando o prédio, tentando perceber sua presença através de alguma janela, mas não consegui ver nada, imagino que ninguém negocie pó se exibindo para a rua. Uns cinco minutos depois, ele apareceu, cutucando alguma coisa no bolso com a mão esquerda. Olhou para os lados, talvez procurando algum lugar para ir, mas a rua em que estávamos não tinha nada além de prédios e oficinas mecânicas.

Vamos?, me disse, e entrei com ele num táxi que estava passando, sem saber para onde estávamos indo. Acho que nem ele sabia, porque me olhou e perguntou: Rua Minas Gerais? Pode ser, falei, sem saber que outra coisa dizer, e nessa hora tive a impressão de que ele também não fazia questão de voltar para a casa do Otto, que sua vida devia ser bem menos fácil do que ele fazia parecer. Tanto que não voltamos.

Música boa, ele disse para o taxista. O taxista aumentou o som e contou que, naquele horário, aquela rádio só tocava jazz. Coisas bacanas como tal e tal artista, que o taxista citou e que o Biel também parecia conhecer. Intrigado com o conhecimento do rapaz, o Biel perguntou como ele sabia tanto de jazz, um ritmo que não era dos mais populares entre os brasileiros. Meu sonho é ser saxofonista, o taxista disse. E então contou que, desde pequeno, desde que viu o Dire Straits tocando na tevê, ficou apaixonado pelo instrumento. Custou para os pais entenderem que, em vez de um violão, o menino queria aquele trambolho caro de metal, que sozinho não animava churrasco nem festa. Foi ele mesmo quem comprou o instrumento, com dezessete anos. Desde então, vinha estudando sax, mas cada vez menos. Tinha dois gêmeos pequenos, trabalhava catorze horas por dia e, na última vez que tentou tocar em casa, a mulher – com um menino no colo e outro pendurado na perna – ameaçou silenciá-lo com uma batata na cabeça. Depois de contar isso, olhou em direção ao porta-malas e disse: o coitado tá que nem geme.

O sax tá aí atrás?, o Biel perguntou.

Ahã, o taxista respondeu.

Então pega ele.

Eu e o taxista olhamos para o Biel, como se não tivéssemos entendido o que ele disse.

Você não quer tocar?, o Biel disse.

O taxista fez que sim com a cabeça.

Então vai lá e pega o sax. Eu dirijo enquanto você toca.

O taxista continuou olhando para o Biel.

Vai, rapaz. Eu vou pagar a corrida. Quer dizer, pago desde que você não toque *Careless Whispers*, tudo bem? E, ajeitando o chapéu, continuou: música de puteiro me deprime.

Quando me dei conta, a troca estava feita. O Biel dirigindo, eu ao lado dele, o taxista com o instrumento em punho no banco de trás. Acho que nunca tinha visto um homem tão animado numa segunda-feira. Embora não sorrisse – já soprava qualquer coisa no sax –, vibrava com o resto do corpo, lembro que seus joelhos se abriam e fechavam rápido, como as asas de uma borboleta. O Biel também parecia estar se divertindo e, nesse dia, mais do que em qualquer outro, tive a sensação de que ele não era um coroa misterioso, nem um elemento avesso ao sistema. Ele era apenas um sujeito imaturo, com tudo de bom e de ruim que isso acarreta. Quanto a mim, eu não sabia como me comportar. Ainda mais quando percebi que o Biel tinha mudado o caminho, que entrava na Marginal, que dava voltas pela cidade. Ir em direção a nada, de repente, me pareceu estranho. Tudo me pareceu estranho. Andávamos numa longa fila de carros, ladeados por uma longa fila de prédios de escritórios, onde tudo parecia seguir um mesmo ritmo maquinal, onde mesmo as nuvens que passavam pelos vidros espelhados pareciam obedecer a uma certa ordem. Tudo tão bem calculado para funcionar e funcionar direito e funcionar apenas, e então nós. Tão sem propósito e sem utilidade. Porque a verdade é que não servíamos nem para romper com aquele cenário, nem para protagonizar uma cena romântica numa paisagem fria. O taxista desafinava aqui a ali. O Biel não parava de fumar aquela desgraça daquele Derby. Eu me defendia de suas barbeiragens segurando naquela alça também conhecida como pega-jacu. E, mesmo assim, tive a sensação de estar fazendo a maior transgressão da minha vida. Maior do que roubar qualquer coisa que eu já tivesse roubado. Estava me sentindo feliz enquanto a cidade suspirava nos escritórios. Tanto que lembro de um nome. Um nome que quis memorizar para lembrar depois. Surgiu quando o taxista começou a tocar uma música triste. Bonita como toda música triste. O Biel virou para trás e perguntou para ele: é *La pistola en la boca*? O taxista fez que sim com a cabeça. E eu repeti para mim mesma: la pistola en la boca.

Não sei muito bem quanto tempo rodamos. Só sei que perto das seis o Biel me deixou na frente do restaurante. Quando foi me dar tchau, tocou minha perna. Senti meu coração acelerar um pouco, como se tivesse tomado um espresso duplo de barriga vazia. Peguei minha bolsa e abri a porta. Quando já estava saindo, o folgado me chamou: peraí, Rabudinha, não vai deixar nada pra ajudar na corrida?

Masbaha de madrepérolas

Como não posso abusar da sorte e sair com outro cliente do restaurante no mesmo mês, recorro a um aplicativo. Meu polegar, treinado, corre pelas fotos em busca de algum cara bacana. Claro que, para os fins que desejo, o cara não pode ser pobre. Então ignoro os tipos que seguram copos plásticos, que posam em quartinhos chinfrins, que sorriem ao lado de isopores fincados na areia. Também tento encontrar alguém que, além de ter algum dinheiro, seja um tipo comestível, porque, embora eu faça uma grana dando as minhas afanadas, não sou puta, não tenho o estômago invejável das putas. Assim, sigo ignorando foto atrás de foto até topar com um tipo interessante. Um tal de André, trinta e seis anos, traços fortes, barba por fazer. Não é só a aparência dele que chama minha atenção. Ele tem, bem rente ao pescoço, uma corrente que parece de ouro. Além disso, está num ambiente elegante, contra uma parede ou porta com desenhos talhados na madeira. Na sua descrição não há nada, nem uma única palavra, o que também me agrada, afinal qualquer coisa que falamos sobre nós mesmos é suspeita. Dou um like no André. E, em seguida, vejo que ele também me deu like. Deu match. Mando uma mensagem. Combinamos de nos encontrar no apartamento dele, em torno das nove da noite.

Tomo banho pensando em quem o André deve ser. Um rico descendente de árabes com aquele nariz grande e aquela corrente. Um cantor de rap. Um publicitário descolado que resolveu chamar um artista para talhar a porta do apê. A realidade, como sempre, é muito distante de qualquer exercício criativo que eu possa fazer, desta vez quilômetros distante. Tanto que confiro o número do prédio, chego a pensar que errei o endereço. Mas não, ele mora ali mesmo, no número 27 da Avenida São João, num típico prédio do centro, um paredão malcuidado com centenas de janelas, um mosaico de quadrados solitários.

Embora a fachada seja desanimadora, meu otimismo ainda prevalece. Penso que talvez o cara tenha comprado dois apartamentos e quebrado as paredes. Que talvez seja um investidor animado com a revitalização do centro. E talvez por isso, ou pela minha curiosidade ou pela minha vontade de dar para alguém, aperto o botão do interfone. Uma voz me cumprimenta e diz: sobe aí, e em seguida me vejo entrando no elevador, atravessando um corredor cheio de portas, batendo em uma delas. O André abre. Eu tenho uma surpresa boa e uma ruim. A boa: ele é melhor do que eu esperava. Tem um corpo bonito, a pele meio queimada de sol. Uns olhos profundos. A surpresa ruim é aquela que eu temia. O cara é um fodido de grana. Tão fodido que já percebo isso pelo pouco que vejo através da porta, a metragem claustrofóbica da sala, o sofá de dois lugares, a toalha pendurada para secar na janela. Mas já estou ali e então dou um beijo no rosto dele, entro no apartamento. Claro que a tal porta talhada não está em lugar nenhum. Nem a corrente de ouro, que inexiste em seu pescoço.

O André me pergunta se quero beber alguma coisa. Pergunto se ele tem café. Ele diz que sim e me conta que faz café de um jeito diferente, como os árabes, sem coar. Pergunta se tudo bem para mim tomar desse jeito. Digo que sim, que quanto mais forte, melhor. Vamos até a cozinha, uma tripa de azulejos beges. Ele tira uma panelinha estranha de dentro do armário, coloca o pó lá dentro. Pergunto se ele é descendente de árabes. Ele me diz que não, mas que volta e meia passa um tempo na Síria ou em outros países da região. Vou perguntar: fazendo o quê?, mas titubeio e, antes disso, ele me pergunta: você mora aqui perto? Respondo que sim e então entramos na clássica conversa de quem vive em megalópoles: os bairros, o trânsito, o preço dos aluguéis. Enquanto o André fala, percebo, como percebi na sala, que ele tem muito poucos objetos, uma quantidade de coisas que poderia caber numa mochila. Também percebo que, na área de serviço, fechada por uma porta, há uma luz vermelha e forte, que transparece pelo rodapé e pela janela minúscula que separa os dois ambientes.

O café fica pronto. Ele diz para eu beber e, quando acabar, lhe dar a xícara. Ele andou aprendendo, com uma velha síria, a ler a sorte na borra do café. Pergunto se funciona. Ele diz que não sabe, mas que não deve funcionar. Se funcionasse, os sírios estariam loucos, tamanha a quantidade de desgraças que sempre lhes aguarda. Depois me pergunta se gostei do café. Digo que sim e pergunto se ele não vai beber. Ele diz que não, que não pode beber a essa hora, que tem muita insônia, que volta e meia passa noites inteiras fumando e olhando para a janela. Digo para ele que a cafeína tem efeito mais psicológico do que químico, que eu trabalho de garçonete e, às vezes, na falta de café descafeinado, sirvo café normal para os meus clientes sem avisá-los da diferença, e que ninguém nunca veio reclamar para mim de ter tido insônia. Que péssima garçonete, ele me diz. E damos risada. Eu dou um último gole no café e lhe entrego a xícara. Ele olha para a borra com seriedade, como alguém que lê um documento. Para o teu futuro imediato, as perspectivas são ótimas, ele me diz. Depois me puxa pela cintura e me beija na boca.

Entre um beijo e outro, uma encoxada e outra, andamos pela cozinha, até que sinto minhas costas contra a porta da lavanderia. Bato o cotovelo no trinco, faço de conta que abri a porta por acidente. Entramos lá dentro. Ele não se importa, só me pede cuidado para não bater nas bandejas. As bandejas a que se refere são três bacias rasas, uma delas com fotos embebidas num líquido. No varal, vejo outras fotos penduradas, secando. Deduzo que estamos numa sala de revelação, já vi isso na tevê, mas não comento nada. Até porque nossas línguas estão ocupadas, a minha saindo da orelha dele, a dele descendo pelo meu pescoço. Encosto no tanque e abro os botões da blusa. Gosto de ver o bico dos meus seios debaixo da luz vermelha, penso que todo mundo devia trepar pelo menos uma vez debaixo da aura de urgência de uma luz vermelha. Quando me dou conta, ele está enfiando o pau dentro de mim, primeiro devagar, depois com força. Meus olhos se abrem. Só agora eu vejo a fotografia, a imagem em preto e branco pendurada no varal bem à minha frente. Um árabe sem os dois dentes da frente empunhando um fuzil e uma bandeira do Estado Islâmico. Paro por alguns segundos pensando quem é esse cara dentro de mim. Um fotógrafo, com certeza. Mas que tipo de fotógrafo consegue chegar tão perto de um radical desses? Será que ele é filiado a alguma célula terrorista? Essa ideia me causa repulsa, mas também me excita e logo acabo gozando.

Assim que nossos corpos se separam, aponto para a foto e pergunto: quem é esse? Um soldado do Estado Islâmico, ele me diz. Depois veste as calças, puxa de dentro do bolso um maço de cigarros, me oferece um. Digo que não fumo e me visto também. Acho que ele vai falar mais sobre a foto, mas só diz: vamos para a sala. E, apontando para alguns galões cheios de líquido embaixo do tanque, completa: não gosto de fumar perto disso aí. Ando atrás dele pelo corredor, depois me sento no sofá. Ele encosta na janela, finalmente acende o cigarro, a mão esquerda segurando a brasa para fora. Ainda estou encafifada com a foto, tento tocar no assunto. Você é fotógrafo? Ahã, ele me diz, e continua fumando em silêncio, como se tragar e falar fossem atividades incompatíveis. Desconfio que não seja um fotógrafo de moda, digo. Ele sorri para mim. Sou fotógrafo de guerra. Ou, como as pessoas preferem hoje em dia, fotógrafo de zonas de conflito. E como é que você conseguiu chegar tão perto daquele soldado pra fazer a foto? Acabei de passar três meses no front do exército curdo, a quinhentos metros do front do Estado Islâmico. Você não ficou com medo? Claro que sim, no começo, mas depois acostumei. A gente se acostuma com qualquer coisa, até com a guerra. Nos primeiros dias, você passa correndo na frente do inimigo. Depois, se nada acontece, você passa andando rápido. Um tempo depois, anda normalmente, como se estivesse andando na Paulista. Tá vendo essa foto aqui?, ele fala, e aponta para uma foto pendurada na parede, a foto de uma longa avenida onde absolutamente tudo, dos dois lados, são escombros. Quando cheguei a Kobani, eu queria fazer essa foto, fotografar a parte destruída da cidade. Mas pra chegar a esse lugar eu sabia que precisaria passar na frente de um sniper do Estado Islâmico. Então fui me aconselhar com um curdo, pra ver o que eu podia fazer. E ele me disse: eu conheço esse sniper, pode passar tranquilo na frente dele que ele é ruim de mira, não acerta ninguém. Eu dou risada, o André também. Pergunto por que ele escolheu uma profissão tão estranha, tão perigosa. Ele diz: eu não escolhi, as coisas aconteceram. Fico olhando para ele, esperando que continue. Há alguns anos, fui enviado pelo jornal em que eu trabalhava para a fronteira da Turquia para fotografar os campos de refugiados. Depois de um tempo fotografando aquela gente, ouvindo aquelas histórias, senti que precisava dar um passo além e conhecer o lugar de onde elas tinham saído, a origem do problema. Daí fui avançando pra dentro da Síria, pra dentro do conflito, até parar no front curdo. Por que curdo?, pergunto, sem fazer ideia de quem sejam os curdos. Porque pra fazer fotos boas você precisa escolher um lado, acreditar numa causa, ele diz. E, olhando bem para mim, continua: eu acredito na causa curda, no direito que eles têm de ter sua terra. Penso que estou na frente de um cara bacana, de uma boa pessoa. Penso: quem sabe eu possa gostar dele. Quem sabe ele possa gostar de mim. Quem sabe a gente possa ir de mãos dadas ao cinema. Mas logo esse pensamento romântico se desanuvia, pois me dou conta que 1. um cara bem-intencionado como ele jamais amaria uma pilantra como eu 2. uma pilantra como eu jamais amaria um cara bem-intencionado como ele, e 3. uma pessoa triste como o André não deve conseguir amar ninguém. E como sei que ele é triste? Porque a tristeza dele está em tudo, na forma como ele bate a cinza do cigarro, na forma como olha pela janela, na forma como olha para mim. Fico imaginando quanta desgraça ele já deve ter visto. E o que a gente é, senão a soma das coisas que vimos por aí?

Continuamos conversando e, um tempo depois, ele me pergunta se quero mais um café. Digo que sim, embora não esteja com nenhuma vontade de beber. Ele vai até a cozinha. Escuto o barulho dos utensílios e aproveito para abrir uma caixa de papelão que está no canto da sala. Lá dentro encontro pequenos objetos que ele deve ter juntado por onde andou: canetas, polaroides, balas de fuzil, lenço, canivete, relógio, flor de plástico, moedas. Também encontro uma espécie de colar de madrepérolas, que meto dentro da bolsa. Alguns minutos depois ele aparece, trazendo o café. Escuto ele falar mais um pouco sobre a guerra, sobre a solidão que sentia no front, sobre os dias em que – na falta de companhia melhor – conversava com a câmera. Pergunto se ele também não se sente sozinho em São Paulo. Ele diz que sim. E, se bobear, mais ainda, porque aqui ele tem vergonha de conversar com a câmera. Sorrio para ele e penso que poderia continuar sentada ouvindo aquelas histórias e contando algumas, quem sabe até dar mais uma trepada. Mas tenho medo que ele resolva abrir a caixa e descubra que peguei o negócio. Então digo para ele que preciso ir, que tenho que levantar muito cedo no dia seguinte. Ele me leva até a porta. Diz que, de repente, a gente pode se ver de novo. De repente, eu digo, e dou um beijo na boca dele. Quando já estou andando pelo corredor, viro para trás, vejo que ele ainda me observa da porta. Pergunto: a tua foto do Tinder, você tirou onde? Na casa abandonada pelo Saddam Hussein.

Barbie Edema

Achei estranho o brechó estar fechado num dia de semana. Geralmente, quando saía para ir ao banco ou almoçar, a Tiana deixava uma plaquinha de volto logo pendurada na porta, mas dessa vez não tinha nada: nem placa, nem movimento lá dentro. Outra coisa estranha era a roupa da Sandra, a mesma que ela estava usando na última vez em que estive ali. Um desleixo inédito, já que a Tiana costumava mudar o look da manequim quase todos os dias. Com isso em mente e com a curiosidade subitamente atiçada, toquei a campainha. Depois bati na porta, chamei pela Tiana. E então vi uma pequena movimentação, um olho que me espreitava pela porta atrás do caixa. Apenas um olho. O outro só surgiu depois. E parecia tudo, menos um olho.

O que aconteceu?, perguntei lá de fora, vendo que a Tiana só podia ter tomado uma surra, pois, além de estar com a pálpebra roxa e inchada, estava com hematomas no corpo. Ela não conseguiu responder porque, assim que abriu a porta, começou a chorar, como acontece quando estamos na merda e tentamos ser fortes, e de repente encontramos alguém sobre quem podemos desabar. Chorou e soluçou por sei lá quanto tempo, enxugando o olho machucado com um lenço. Você não tem nada melhor pra limpar isso aí?, perguntei. Este lenço é Hermès, meu bem. Você não tem gaze, nem soro fisiológico, nem nada? Ela fez que não com a cabeça. Deixei-a no sofá e fui até a farmácia.

Subi a Teodoro Sampaio pensando em quem poderia ter feito aquela sacanagem com ela. Comprei tudo o que o farmacêutico indicou, voltei para o brechó segurando um pacote cheio. Ela estava deitada, agradando o gato, chorando ainda. Era quase meio-dia e decidi que, pela primeira vez em muitos anos, eu faltaria ao trabalho. Vinha guardando esse crédito para usar com o Cícero. Ou para quando algum parente viesse me visitar em São Paulo, mas no fundo eu sabia que isso não ia acontecer, minha mãe morreu, meu pai é um babaca e minha irmã tem filhos demais para lembrar que eu existo. Então sentei ao lado da Tiana e disse: vem cá, vou cuidar de você. Depois de limpar a ferida e pôr a chaleira no fogo, perguntei: agora me conta, o que aconteceu? Pelo silêncio que se seguiu, senti que responder era mais difícil do que chorar sobre a própria ferida. Ajeitando-se no sofá, talvez escolhendo mentalmente as palavras que usaria, ela me contou que tinha ido com o Marcelo ao Barajas, um bar que ficava ali em Pinheiros. Eu conhecia o Barajas. Tinha um balcão comprido, uma mesa de sinuca no fundo. Um bar sem personalidade, que parecia existir mais para a alegria do dono do que do público, o lugar ideal para não ver e não ser visto. Disse que os dois estavam no balcão, falando pertinho um do outro, muito provavelmente trocando juras de amor, quando o Marcelo se enrijeceu todo. Sem dizer uma palavra, afastou-se dela e foi ao encontro de um cara que tinha acabado de entrar no bar. Cumprimentaram-se, conversaram um pouco, até que o Marcelo voltou e disse para a Tiana: acho que bebi demais, tô precisando tomar um ar, vamos comigo lá fora? A Tiana e o Marcelo saíram, andaram um pouco, até pararem num canto meio morto, perto do viaduto. Nessa hora, o Marcelo colocou um adesivo descongestionante no nariz, coisa que ela achou normal, já que ele costumava usar aquilo, e disse que precisava de ar. Então, ela ouviu um barulho, a voz de um homem dizendo alguma coisa atrás dela e, quando virou, pum!, tomou aquela porrada no olho. Daí para a frente, viu tudo de baixo, deitada no asfalto, na aspereza noturna do asfalto, num ponto de vista em que tudo fica ainda maior, o amigo do Marcelo descendo o cacete nela e o Marcelo olhando, e ela se perguntando: por que ele não tá me defendendo?, até que o cara disse: vai, véio!, e o Marcelo partiu para cima dela também, dando porrada no seu corpo, chutando seu saco. Então o cara disse: vâmo, Marcelo, vâmo antes que alguém apareça, e os dois se afastaram juntos, o amigo do Marcelo rindo e dizendo: Barbie Edema. A Tiana disse que nessa hora nem sentiu tanta dor, estava amortecida pelo susto, pela surpresa, mas se sentiu sozinha de um jeito que nunca tinha se sentido, como um planeta gravitando numa órbita distante. Mas peraí, eu disse, esse escroto combinou com o amigo de bater em você? Só pode ter sido, ela falou. Eu não acho que eles tenham combinado antes. Acho que aconteceu. O cara apareceu no bar e viu o Marcelo falando de pertinho comigo. O Marcelo, não querendo pagar de maricona, inventou na hora uma história pro cara, que deve ser algum colega de trabalho, sabe deus. Deve ter dito que tava sozinho e eu tava dando em cima, importunando ele. E daí os dois combinaram de me pegar lá fora. Quem é que acredita numa história dessas?, perguntei. Qualquer um que queira acreditar. Qualquer pessoa que precise enfiar a raiva num pedaço de carne de vez em quando. Mas e o Marcelo, ele não tava apaixonado por você? Essa é a parte que eu acho mais triste, ela disse, e vi outra lágrima crescer junto aos seus cílios. Claro que ele é apaixonado por mim. Mas ele também me odeia por isso. Sabe o adesivo que ele pôs no nariz? Ele também costuma usar pra melhorar a performance no esporte. Uma parte dele queria bater em mim. Bater muito.

Depois que ela disse isso, ficamos em silêncio. Não tinha nada que pudesse ser dito, nada que pudesse atenuar o desconforto de viver num mundo tão estranho, onde as pessoas se julgam oponentes, quando na verdade estão todas do mesmo lado, uns animaizinhos frágeis e confusos, apavorados com a vida. Me levantei, fiz outro chá para ela e me queixei pela milésima vez de que naquela casa não tinha café. Depois preparei um miojo para gente – é tudo o que sei cozinhar – e mostrei para ela o colar de madrepérolas, que ela me disse ser um terço muçulmano, um acessório sem muito interesse para as clientes do brechó. Larguei o terço sobre a mesa e ficamos assistindo à tevê e conversando, até que a Tiana pegou no sono.

Depois fui lavar a louça, pensando no livro. Me perguntando se o Cícero tinha mesmo *O Guarani*. Se eu conseguiria roubá-lo, se receberia aquela grana. Eram perguntas que volta e meia passavam pela minha cabeça e que eu não tinha como responder. A única coisa que me restava fazer, eu já sabia, era acelerar o processo. Já tinha dado uma olhada na grade horária da faculdade. Naquela noite, o Cícero não dava aula para o jornalismo, mas para os cursos de cinema e publicidade, com um bom intervalo entre uma aula e outra.

Cutuquei a Tiana. Perguntei como ela estava se sentindo. Melhor, disse. Contei para ela que andava frequentando aulas de jornalismo na FAAP como ouvinte. Que estava a fim de um professor e que pretendia cruzar com ele no bar da faculdade. Perguntei se ela não queria fazer hora comigo no bar, podíamos comer alguma coisa, nos distrair, seria bom para mim e para ela também. Sou vaidosa demais para sair por aí vestindo um hematoma, ela disse. Você usa uma blusa de mangas e a gente faz um make nesse rosto. Vamos, insisti. Vai ser bom você dar uma espairecida.

Uma boa garota

Como quaisquer amigas fariam, combinamos que, quando o Cícero aparecesse, a Tiana daria um oi, conversaria um pouco conosco e depois nos deixaria a sós. Era por esse momento que esperávamos, comendo uns pasteizinhos e criticando as roupas dos estudantes que estavam na calçada. A Tiana, na ânsia de esconder os hematomas, tinha feito algo que nunca a vi fazer: exagerado um pouco na produção. Nada muito hiperbólico –, ela tinha um olho matemático para as inexatidões da estética – mas digamos que os óculos que ela pegou da Sandra eram dispensáveis. Eram um desses óculos grandes e redondos, modelo Jackie O., com uma lente lilás bem clarinha, que disfarçavam o olho machucado, mas também faziam com que ela parecesse uma tia banhada em barbitúricos.

Quando o Cícero apareceu, a Tiana falava sobre uma cliente do brechó e eu estava comendo o último pastel. Larguei o pedacinho restante dentro do cesto e cutuquei a Tiana por baixo da mesa. Ela olhou discretamente para trás e disse: gostei do bofe. Percebendo que ele vinha na nossa direção, disse para ela tirar os óculos. É indelicado cumprimentar os outros assim, falei, já com meu plano em mente. Ela hesitou um pouco, mas, como tinha pavor de ser mal-educada, acabou levantando as lentes.

O Cícero parou junto à nossa mesa. Cumprimentou a gente. Perguntei se ele não queria se sentar. Ele disse que não, que não queria atrapalhar. Conforme o combinado, a Tiana disse que ele não ia atrapalhar em nada, ela já estava saindo, e cedeu a cadeira para ele. Quando vi, ele já estava acomodado na minha frente. Aproveitei para fazer o que já tinha arquitetado. Com o rosto virado para a porta, por onde a Tiana acabara de desaparecer, pensei em coisas tristes, tristes a ponto de me fazerem chorar. Quando voltei a olhar para o Cícero, estava com os olhos cheios de água.

Que foi?, ele me perguntou assustado.

Não me conformo com o que fizeram com a minha amiga.

Você tá falando do olho?

Do olho e do corpo todo. Ela tá com hematomas no corpo todo.

E quem foi que fez isso?

Três desconhecidos. Pegaram ela na rua.

A troco?

De nada. Só porque ela é trans.

Não dá pra acreditar que ainda existe isso.

Pois é, professor. É por isso que eu quero fazer alguma coisa.

Que tipo de coisa?

Escrever uma matéria denunciando esse absurdo.

O Cícero me olhou com admiração.

Já tenho até onde publicar, no blog de uma amiga, eu disse. Depois, baixando o rosto: mas tô tão insegura... E enrolando a pontinha do cabelo com o dedo: sei que você não corrige matéria de ouvinte, que você só abriu uma exceção pra Anita, mas será que você não poderia... só ler uma vezinha o meu texto?

Claro que sim. Se ajudei a Anita, imagine se não vou ajudar você, o Cícero disse, e ficou sem jeito com o que deixou escapar, enquanto eu me esfuziava por dentro, pensando que o professor estava no papo.

Como te disse, ao contrário de uns elitistas por aí, eu me sinto na obrigação de compartilhar o conhecimento.

Obrigada, professor. Mas dessa vez eu faço questão de te agradecer. Lembra que fiquei te devendo uma bebida?

Ele deu um meio sorriso, acenou para o garçom. Pediu um vinho e duas Cocas. Como da outra vez, virou o tinto num gole, fazendo uma expressão de desgosto. Antes que pousasse a taça vazia sobre a mesa, surpreendi-o com um copo cheio de refrigerante, como uma enfermeira solícita, gesto que ele retribuiu com um sorriso quase inteiro, para depois virar todo o líquido gasoso com uma expressão de alívio.

Em seguida, olhou para o relógio e disse: é uma pena mas preciso ir, preciso dar aula pras vedetes do sistema.

Fiquei olhando para ele, sem entender.

Os alunos de publicidade, ele explicou. Depois fez um gesto para o garçom trazer a conta.

Quando o cupom surgiu sobre a mesa, estiquei cinquenta reais na direção do Cícero com o braço frouxo, sem largar a nota, como fazem os oportunistas que só estão interessados em marcar presença, sem de fato querer contribuir com um tostão. Ele segurou a minha mão, fez um carinho e disse: deixa, você me paga alguma coisa outro dia. Depois, levantou-se. Nos vemos na próxima aula? Com certeza, respondi. E fiquei ali sozinha, sentindo seu beijo secar no meu rosto.

Abotoaduras Pierre Cardin

Embora eu saiba que é mais fácil o Cícero aparecer por acaso na Lua do que no restaurante em que trabalho, ando atenta à porta giratória, a todo e qualquer loiro alto que passe por ela. Por isso reparo num loiro mais velho que chega acompanhado de uma menina de uns doze anos, uma mulher e um outro homem. A hostess acomoda-os em uma mesa redonda, na minha praça. Enquanto distribuo os cardápios, dou uma olhada na bolsa da mulher, uma falsificação de Louis Vuitton, e nas abotoaduras do loiro, um par vintage Pierre Cardin, com o P estilizado que se tornou símbolo da marca nos anos setenta. Uma peça que já valeria uma graninha tempos atrás e que agora deve valer ainda mais, graças à nova moda entre as fashionistas, fechar camisas com abotoaduras masculinas. De qualquer forma, não me animo, prometi que ficaria um tempo sem roubar clientes do restaurante, e o loiro tampouco parece um alvo fácil. Tem ainda a questão da mesa, o elemento dificultador das mesas redondas. Se estivessem numa quadrada, eu poderia decifrar rapidamente a relação entre o loiro e a mulher, pois num grupo de quatro os casais quase sempre sentam lado a lado. Mas, na mesa redonda, todas as certezas escorrem pelas bordas. Nesse caso, estão dispostos, em sentido horário, a adolescente, o loiro, a mulher e o outro homem. E eu me pergunto: será que a mulher está com o loiro? Em princípio, imagino que sim, pois ela não para de rir para ele. Também imagino que a adolescente é filha dos dois, pois uma hora o loiro põe a mão na coxa da menina e diz: ouviu isso, filha? Mas um tempo depois percebo que o loiro chama todo mundo de filha – um dry martini bem gelado pra mim, filha, uma água sem gás para mim, filha – e que a olhada gulosa que ele dá para a minha bunda ele também dá para os seios incipientes da menina. Também percebo que o outro homem está tenso, que começa a chamar diversas vezes a mulher de meu bem e a filha de filhota.

Enquanto sirvo a mesa, me pergunto que lógica rege aquela dança nefasta, por que o homem não manda o loiro à merda, por que a mulher tolera o abuso com a filha e ainda se insinua para o sujeito. Quem me dá a resposta é o Sassicaia. É isso que o loiro pede com o cardápio em riste, dando a sensação momentânea de que suas abotoaduras são duas moedas de ouro. E essa sensação não é à toa: se vivêssemos numa época cujo sistema monetário fosse baseado em metais, o loiro de fato precisaria de alguns gramas de ouro para comprar aquele vinho. Preço no cardápio: dois mil e setecentos. E, como o Sassicaia custa mais do que uma prótese dentária ou um mês de aluguel ou uma passagem para o Ceará, acho prudente averiguar quem é aquele cliente. Se ele tem mesmo bala para pagar a conta, se não vai pedir o vinho para fazer moral e depois recusar a garrafa para não arcar com seu amargo valor.

Encosto na Lia e, apontando para o loiro, pergunto: sabe quem é? Você não sabe?, ela diz. E quase rindo: é o Cafetão de Cristo. Estranho a junção das duas palavras, sigo sem entender quem é. A Lia explica que o loiro é o bispo de uma igreja evangélica, que ficou famoso na internet com um vídeo em que incitava os fiéis a doarem seus carros, dizendo que no fim do culto eles deveriam transferir o bem para o nome da igreja e voltar para casa a pé. Que colocando esse dinheiro no altar da igreja eles logo teriam dinheiro para comprar outros carros à vista. Conto para a Lia que em poucos segundos o jogo de rodas de algum carro vai virar uma garrafa de Sassicaia. Eu sei, ela diz. Ele sempre pede os vinhos mais caros. Pelo menos sua gorjeta vai ser boa. Ele vem sempre aqui?, pergunto. Muito de vez em quando. Acho que ele mora no Rio. A conversa fica por aí porque nossas mesas chamam por nós. Eu tiro o pedido da quinze e depois vou buscar o Sassicaia pensando que, se o dinheiro pode dobrar alguém, o poder pode virar do avesso. Tanto que lá estão eles: o loiro tascando de novo a mão na coxa da menina, a mulher rindo, o outro homem fingindo que não vê nada.

Me aproximo com a garrafa e exibo o rótulo para o loiro. Ele tira os olhos da menina e, em vez de pousá-los sobre a estrela azul e dourada da vinícola, pousa logo abaixo, sobre o meu quadril. Sirvo a taça. Ele prova e diz que está ótimo. Em seguida, autoriza que eu sirva para o homem e para a mulher. Enquanto despejo aquelas gotas preciosas – quanto vale uma única delas? –, escuto o loiro comentando que no dia seguinte volta para o Rio e já vai informar o pessoal da igreja sobre a nomeação do outro homem como bispo. Pela primeira vez, vejo o outro homem sorrir. A mulher dele levanta a taça e diz: viva. Os três estalam suas copas e depois bebem, o loiro olhando para a adolescente, que agora caminha em direção ao banheiro. Quando ele se inclina um pouco para a frente, vejo que seu blazer, agora pendurado na cadeira, é Armani. Um Armani com abotoaduras Pierre Cardin. Sei que prometi para mim mesma dar um tempo nos roubos, mas o loiro mora em outra cidade, não vai me dar problema

Assim que a menina volta do banheiro, tiro o pedido dos quatro. Enquanto o loiro titubeia entre um atum e um salmão, penso na minha irmã, que já deixou de fazer reflexo no cabelo para dar dinheiro para a igreja. É duro admitir, mas para todo filho da puta existe um trouxa. Já eu, em vez de pagar o dízimo, prefiro receber. Tanto que encho de novo os copos, incentivo a comunhão, não era assim lá na ceia de Jesus?, e logo a garrafa acaba. O loiro me pede mais uma. Não um Sassicaia, mas outro caro também. Abro um sorriso de caixa registradora. A Lia percebe e, quando passa por mim, me chama de rabuda. Eu lembro do Biel, gostaria que ele estivesse aqui para ver meu desempenho profissional. E, para não pôr esse, nem outros dez por cento em jogo, sigo trabalhando com esmero, olhando ao meu redor, porque essa é a coisa mais importante que um garçom deve fazer: manter a cabeça erguida, e não ficar olhando para o chão, como fazem alguns.

Assim percebo na hora quando o homem levanta a mão e faz aquela assinatura no ar, gesto que conhecemos tão bem. Fico meio irritada porque achei que eles iam mais longe, mas chegando à mesa percebo que o homem tem razão de estar com pressa. Sua mulher está bêbada a ponto de falar sozinha. O loiro está entregando uma flor feita de guardanapo para a menina, que tenta se esquivar de seu bafo de bebida. Coloco a conta sobre a mesa. Já vão? Nem terminaram a garrafa, digo para o loiro. E com uma risada safada: é um pecado deixar uma garrafa assim pela metade. O loiro entende o recado. Diz que os três estão indo, mas ele vai ficar mais um pouco. Todos se despedem do loiro, que, sem nenhum constrangimento, puxa a menina pela cintura e beija seu rosto. Até a mãe parece se incomodar nessa hora, e logo os três saem, passando pelas portas giratórias rumo à rua. Sirvo meu capeta, encho de novo a taça dele. Enquanto faço isso, ele pergunta que horas saio do trabalho. Digo que em torno da uma da manhã, não falta muito. Ótimo, ele fala, vou te esperar fumando um charuto lá fora

O tempo passa voando, como sempre passa o tempo dos ocupados, e logo estou no vestiário dos garçons, tirando o avental. Está frio mas não visto minha jaqueta, deixo-a socada no fundo da bolsa. Em seguida, compro uma garrafa de vinho, a mais barata do cardápio, pelo preço de custo que o restaurante oferece para os garçons. O loiro está me esperando dentro de um carro, na quadra da frente, como pedi para ele, já que não posso ser vista com clientes. Entro no carro e mostro a garrafa de vinho dizendo que é um presente, meu programa de fidelização de clientes. Ele dá risada. Já deixei o vinho aberto, então só puxo a rolha e aproximo o gargalo da boca dele, que bebe um gole. Ele me passa o vinho e finjo fazer o mesmo, inclinando a garrafa mas barrando o líquido com a língua, sem sorver. Ele sai dirigindo, põe a mão na minha coxa mas logo tira, pois seu telefone toca. Deduzo que é a mulher dele. Ele pergunta dos filhos, conta brevemente sobre o jantar, diz que está com saudade, chama-a de meu tesãozinho. Como se eu não estivesse ali. Primeiro, acho que ele diz essas coisas para fazer pouco-caso de mim, para já me enquadrar de uma vez na categoria de foda de uma noite só, mas logo percebo que não, pois assim que desliga ele pede desculpas pela demora na ligação, chega a fazer um carinho na minha cabeça, sinal de que não está querendo me diminuir. Ele só acha que eu não existo, ou que sou uma criatura insignificante perante ele, ovelha dourada de cristo, acima do bem e do mal, acima de qualquer julgamento. Por isso ele pode beber o Sassicaia da miséria alheia sem culpa, me dou conta. Porque no delírio psíquico que permite a um homem achar-se homem superior, tudo é possível. Fazer uma civilização inteira de escrava para carregar pedra no lombo e construir uma pirâmide ou templo é possível. E quem somos nós, homens sãos, para ir contra a obstinação dos lunáticos?

Então tudo o que faço é seguir com meu plano. Enquanto ele dirige, esfrego meus braços com força, comento que estou morrendo de frio. Ele puxa o blazer dele, que agora está no banco de trás, e dá para mim, ligando o ar quente em seguida. Enfio os braços no Armani, vejo as abotoaduras reluzirem. Depois olho para fora e pergunto onde estamos só para puxar assunto, para acalmar a mão que não para de desbravar minhas coxas, embora eu saiba exatamente onde estamos, na

São Paulo que renego, de todas as cidades que existem dentro de uma grande cidade a mais desprezível, a dos prédios altos com portarias altas, de mais helipontos do que bancos ou jardins. Entramos no porte-cochère de um desses prédios. Eu e o loiro descemos, ele com a garrafa na mão, bebendo mais um gole. Passamos pela portaria do flat ou hotel, não sei dizer direito. Entramos no elevador e, para escapar de sua boca, finjo de novo que bebo. Em seguida, andamos pelo longo corredor que leva aos quartos. Ele ziguezagueia procurando a chave nos bolsos. Entramos, ele me encosta na parede. Sabe do que gostei em você? Essa sua carinha de mulher antiga, de mulher de foto antiga, tão purinha. Ele lambe a minha boca. Tenho tanto tesão por esse tipo de mulher que às vezes me toco olhando álbuns de família, ele sussurra perto do meu ouvido, e faz menção de tirar o blazer que estou vestindo. Interrompo a mão dele, vou descendo-a até a braguilha. Ah, sua vagabunda, ele diz abrindo o zíper, botando seu pau entre nós. Dou uma rápida olhada, não é pequeno nem grande, e fosse qual fosse o tamanho eu não me importaria, quem se preocupa com medidas são só os donos delas. De forma que o pensamento que formulo é mais um tapa do que uma verdade. Olhando de novo para baixo, para a cabeça intrometida entre nós, digo que preciso ir embora. Surpreso, ele pergunta: que foi, qual o problema? Aponto para o pau e digo: o problema é essa esmola que deus te deu. Não sei descrever a perplexidade do bispo, que, imóvel, com as calças arriadas, me vê pegando a bolsa e saindo pela porta. Enquanto ando pelo corredor, rápido para que ele não se lembre do que deixou comigo, penso que o que acabei de fazer não foi um castigo moralista, mas sim uma defesa. É muito difícil que um cara rico como esse vá aparecer no restaurante, a caminho do aeroporto, para pegar um blazer, mas, se aparecer, não vai arrumar encrenca com uma bocuda que conhece tão bem seus terrenos mais íntimos.

Bosque de pênis decepados

Às oito em ponto eu estava entrando na sala de aula, com a matéria na mão. Claro que não escrevi uma linha. Dei um copy paste numa reportagem que encontrei num blog, adequando apenas uma ou outra informação à minha história. A Anita já estava lá, sentada na frente. Me acomodei algumas filas atrás, no lado oposto, para ter uma visão panorâmica dela, do Cícero e dos outros alunos.

Não demorou para que a sala ficasse cheia e o meu alvo chegasse, com a postura de quem caminha para o enterro da mãe. Percebi que passou os olhos pelo ambiente até me encontrar, lançando em seguida quarenta por cento de um sorriso na minha direção. Não fez o mesmo com a Anita, nem com nenhuma outra pessoa. Só pareceu ter certa empatia com o aluno que subia ao tablado, que ele anunciou dizendo: hoje o Rodrigo vai falar sobre um dos maiores romances em língua portuguesa, para então ceder seu espaço e sentar em uma cadeira vaga na segunda fila.

O aluno começou a falar sobre o tal *Primo Basílio*, uma história de uma mulher casada que começa a cornear o marido. Prestei atenção, anotei várias coisas no caderno, pois, se o assunto surgisse mais tarde, eu poderia dar as minhas impressões. A história não era das piores, mas o português ultrapassado do autor fazia a leitura de certos trechos parecer um deserto sem camelo. Depois de nos amolar por quase meia hora, o aluno finalmente apresentou suas conclusões sobre a obra e disse: é isso. Parabéns, o Cícero falou. A análise foi ótima. Mas eu não acho que o *Primo Basílio* funcione como uma crítica à sociedade burguesa do século dezenove. Olhou rapidamente para mim e continuou: acho que o *Primo Basílio* funciona como uma crítica à sociedade burguesa de qualquer época. E é justamente esse caráter atemporal que faz desse um grande romance. O garoto que estava sobre o tablado balançou a cabeça, dizendo algo como: tem razão. Depois juntou algumas folhas dentro do livro que trazia consigo, agradeceu a turma e foi descendo do tablado, sob uma salva de aplausos anêmicos. O Cícero olhou no relógio. Olhei também. Ainda faltavam dez minutos para acabar a aula. Mesmo assim, ele falou que os alunos estavam dispensados.

A boiada sangue azul começou a se levantar. Vi a ouvinte se aproximando do Cícero, mas não me desesperei. Peguei a matéria que estava dentro do meu caderno e, respeitando o fluxo dos alunos, fui chegando à primeira fila, onde a Anita e o professor agora conversaram, ela toda empolgada, contando algo para ele. Cheguei perto a ponto de ouvir um pouco da conversa, que a matéria que ela escreveu ia sair com foto num jornal que não ouvi o nome. Que ótimo, ele disse, já desconcertado com a minha presença, desconcertado a ponto de fazer a Anita virar para trás para ver quem se aproximava roubando faíscas de atenção do seu amado professor. Claro que ela se irritou ao me ver. E se irritou mais ainda quando eu, aproveitando uma pausa na conversa dos dois, sacudi minha folhinha de texto e, assim como ela no outro dia, falei: a matéria tá pronta, professor. Quando puder, vamos ver? Embora a situação fosse exatamente a mesma, tendo apenas as duas jogadoras em posições trocadas, a reação do Cícero foi outra. Parabenizou a Anita por ter conseguido espaço para a matéria e, em seguida, disse: depois falamos mais, agora preciso dar uma ajuda pra sua nova colega.

A Anita saiu da sala. O Cícero se aproximou da mesa, puxou uma cadeira para eu sentar, acomodou-se ao meu lado. Vamos lá?, disse, e entreguei a matéria. Antes mesmo de ler, ele se surpreendeu. Já escreveu tudo isso?, perguntou, virando a folha para ver até onde ia o texto. Pois é, professor, eu tava tão indignada que me baixou um santo, o texto saiu todo de uma vez. Ele deu dez por cento de um sorriso, pegou uma caneta que estava no bolso da camisa e começou a leitura. Lá pelo meio do texto, cortou um hífen, alguns acentos. Chegou surpreso à última linha. É a primeira matéria que você escreve? Balancei a cabeça. Nunca vi nada igual. Você é um talento nato. Os únicos erros que encontrei nem são propriamente erros, são coisas que mudaram com a reforma ortográfica. Sorri, pensando que a matéria que peguei na net era velha, provavelmente anterior à reforma. Ele puxou uma seta e continuou: e aqui, onde tá escrito "na frente de uma boate", se puder especificar que boate é essa, melhor. No texto jornalístico é bom especificar ao máximo as informações. Mas, de novo, nada grave. A matéria tá prontinha pra publicação. E eu assino embaixo, ele disse, e fez uma rubrica no pé da página, depois deu um sorriso quase inteiro para mim. Correspondi com uma timidez ensaiada, baixando a cabeça mas, ao mesmo tempo, me aproximando um pouco mais dele. Quando levantei o rosto, ele estava olhando para mim, para a minha boca, e acho que só não me beijou porque estava visivelmente preocupado em sermos flagrados. Mantendo a estreita distância entre nós, lancei a pergunta que já vinha formulando: vamos pra outro lugar? Vamos, ele disse, e se levantou.

Por alguns segundos, cheguei a me animar, talvez o Cícero só quisesse me comer e pronto, mas ele tinha planos para nós. Enquanto saíamos da sala, me perguntou se eu toparia jantar fora. Comentou que a maioria dos restaurantes da região era caríssima, lugares cafonas onde as pessoas não se constrangiam em pagar meio salário mínimo por um jantar, mas que ele conhecia um ali perto que era diferente e, ainda por cima, reservadíssimo. Eu disse que por mim tudo bem, e descemos a Rua Alagoas, logo virando na Tupi. Não demorou para que chegássemos a uma casinha antiga, coberta por heras. Bem-vinda ao Rasputín, o Cícero disse, e abriu um pequeno portão de ferro para mim.

Lá dentro eu me deparei com cerca de dez mesas vazias, apenas uma loira gorda atrás do caixa. Já desconfiei do restaurante. Pela minha experiência, eu sabia que não existem acasos nesse ramo. Se o negócio não tem movimento é porque tem alguma coisa de errado, seja 1. comida ruim, 2. atendimento lento, 3. ambiente desagradável, e 4. preço incompatível com o resto. O item 4 eu já sabia que não era, nem o 3, pois o restaurante parecia o interior de um porta-joias, decorado com papel de parede bordô e pequenos abajures e arandelas douradas, o que criava uma atmosfera quase uterina de tão acolhedora. Foi sob uma dessas arandelas que me sentei, depois que o Cícero puxou a cadeira para mim e pendurou minha bolsa no encosto. A loira se aproximou em seguida, cumprimentando o Cícero pelo nome e deixando dois cardápios sobre a mesa. Dei uma olhada nos pratos de nome estranho, perguntei o que ele recomendava. Sempre peço a mesma coisa, falou, frango Kiev. Eu disse que no restaurante em que eu trabalhava também tinham uns clientes assim, que não gostavam de arriscar, de experimentar pratos diferentes. Ele disse que não era isso e, depois de pensar um pouco, de talvez ponderar se devia revelar suas peculiaridades, confessou que não gostava de comer. Que achava um incômodo ter que ir atrás de comida três vezes ao dia, quando se tem tanta coisa melhor para fazer na vida. Vendo minha surpresa, era a primeira vez que eu ouvia uma opinião dessas, prosseguiu dizendo que as pessoas não paravam para pensar nisso, mas a necessidade de comer com frequência era coisa de um corpo primitivo, pouco evoluído, e que se pudesse se alimentaria de pílulas, deixando para comer só em situações especiais, como a de hoje, concluiu, sorrindo cinquenta por cento para mim. Falei para ele que ainda bem que nosso corpo era primitivo, ou eu não teria meu emprego de garçonete, e rimos disso. Depois comentei que, ao contrário dele, eu até gostava de comer, mas já tinha feito um lanche antes da aula, não estava com muita fome. Então, se ele não se importasse, iria direto para a sobremesa e o café. Ele disse que não, claro que não se importava, e fizemos os pedidos.

Depois que a loira se afastou, ele se inclinou para a frente.

Agora me conta. Uma garota linda que nem você não tem namorado?

Não. E você?

Também não, ele disse. E reclinando-se na cadeira: eu era casado, mas, graças a deus, me separei.

Você parece ressentido.

Ressentido não. Aliviado.

Tava muito ruim teu casamento?

Ruim como todos. Mas a questão nem foi essa. Nós tivemos um problema. Uma espécie de... impasse. Achei que ele continuaria, mas apenas baixou os olhos, e bebeu a Coca-Cola que acabara de ser servida. Minha curiosidade cresceu. Além de querer saber mais sobre o Cícero, eu pressenti, como a vira-lata que talvez também fosse, que aquela conversa poderia ter alguma relação com *O Guarani*. Perguntar qual foi o impasse que eles tiveram seria meio indiscreto, algo que soaria razoável saindo da minha boca, mas não da boca da mocinha que eu encarnava, então tentei retomar o assunto puxando-o pelo avesso.

Você não precisa me contar se não quiser.

Eu sei que não, ele disse com vinte por cento. Mas eu quero. Quero porque há anos não sinto o que tô sentindo, falou. E então tocou a minha mão, que estava estendida sobre a mesa. Enrubesci. Ou tentei enrubescer. Ele também ficou meio sem jeito. Logo depois, largou meus dedos e retomou o assunto.

Digamos que minha ex tem um espírito pequeno-burguês. Não é uma idiota, claro, eu nunca me casaria com uma mulher burra ou ignorante, mas ela tinha esse sonhozinho que muita gente tem de ter uma casa própria, filhos e cachorros correndo no quintal..., disse com certo desprezo e, em seguida, talvez pensando que eu pudesse ter o mesmo sonho, retratou-se: nada contra, claro. Tanto que eu mesmo, que sempre ganhei melhor, fui juntando dinheiro para dar de entrada na tal da casa. Só que daí..., ele disse, e parou por um segundo, surgiu uma oportunidade única na minha vida e eu acabei usando o dinheiro da casa pra comprar outra coisa.

Que coisa?

Uma obra de arte.

Um quadro?, cutuquei, já sentindo o cheiro da resposta.

Não. Um livro.

Tive que me segurar para que meu rosto não se transformasse em uma grande massa sorridente. Mais que isso, tive que aparentar surpresa: mas um livro pode custar tão caro?

O livro que eu comprei não é um livro qualquer, ele disse, sem conseguir disfarçar seu orgulho. É a primeira edição de *O Guarani*, um exemplar raríssimo, uma de apenas duas cópias existentes no mundo.

Que incrível.

Mais incrível ainda quando você leva em conta que minha tese de doutorado foi sobre *O Guarani*. Que eu conheço esse livro tão bem quanto meu próprio corpo, ele disse. E então, olhando para um ponto a noroeste da minha cabeça, declamou:

na vida selvagem, o sentimento é uma flor que nasce como a flor-do-campo e cresce em algumas horas com uma gota de orvalho e um raio de sol. Nos tempos da civilização, ao contrário, o sentimento torna-se planta exótica, que só vinga e floresce nas estufas, isto é, nos corações onde o sangue é vigoroso.

Lindo.

Lindo é pouco.

Sabe o que eu acho? Acho que você fez muito bem de comprar esse livro. Porque, pelo que eu entendi, não é todo dia que aparece uma chance dessas...

Exatamente, ele disse, esticando-se na cadeira, endireitando pela primeira vez sua coluna moribunda. Até parece que você leu meu pensamento, porque foi exatamente isso que eu disse pra a minha ex: casas à venda sempre vão existir, mas a oportunidade de comprar uma edição assim é uma vez na vida.

Claro.

E tem outra, não é que eu tava fazendo uma sandice, como aquele idiota que comprou, por noventa mil dólares, o biquíni que aquela atriz usou no *Star Wars*. Eu tava comprando um dos maiores clássicos da literatura brasileira, numa versão de mil oitocentos e cinquenta e sete!

Um investimento.

Isso mesmo. Tanto que, alguns dias depois de comprar *O Guarani*, recebi até uma proposta, um colecionador disposto a pagar muito mais pela obra.

A imagem do J. pipocou na minha cabeça.

Mas claro que eu não vendi, ele disse.

E mesmo assim tua ex-mulher não percebeu que você fez um bom negócio?

Infelizmente, ela não tem tua sapiência, ele falou. E em seguida: quer dizer, felizmente ela não tem tua sapiência, porque, se não tivéssemos brigado, eu não estaria aqui com você.

Joguei a cabeça para o lado, com ar de encantamento.

Se bem que brigar é pouco, ele continuou. Na verdade, ela pirou.

Como assim?

Quando ficou sabendo que eu havia comprado *O Guarani*, ela enlouqueceu. Sabe o que ela fez?, disse, inclinando-se sobre a mesa. Quase urinou no livro.

Quê?, falei, meu corpo todo tensionando-se.

Ela se trancou com o livro no banheiro e disse que ia molhar tudo.

Você tá brincando.

Não. Ela trancou a porta e depois tirou a chave pra eu assistir à cena pelo buraco da fechadura. Às vezes ainda tenho pesadelos com aquela vagina vândala se abrindo sobre as páginas do meu livro.

E molhou?

Não. Ela é louca mas não é burra. Sabia que o livro valia dinheiro. Um dinheiro que ela queria reaver.

Então ficou tudo bem? Você ficou com o livro?

Sim, tá na minha casa.

Senti meu corpo relaxar, minhas costas caírem contra o encosto da cadeira. Acho que inclusive fiz uma cara de boba porque, logo em seguida, ele perguntou: o que foi?

Nada, só tô feliz de estar aqui com você.

Sua mão tocou novamente a minha. Agora me conta, quais são as suas paixões?

Disse que também amava ler. Que meus pais eram muito simples e não me ensinaram a ler literatura, mas que sempre li muitas revistas. Revistas que as clientes da minha mãe deixavam lá em casa, menti. Depois citei algumas, disse que minha paixão pela reportagem devia vir dessas leituras. O Cícero começou a falar da importância do jornalismo investigativo e, para a minha sorte, a loira se aproximou com os pratos, pois eu não sabia como ia continuar aquela conversa. E, mesmo que soubesse, não continuaríamos, porque era inevitável mudarmos de assunto, levando em conta os pratos que pousavam à nossa frente. O tal do frango Kiev veio disposto no formato de uma pequena mulher. Um ovo compunha a cabeça, adornada por olhos de ovas, boca de lascas de tomate e cabelos de frango desfiado. Um peito de frango formava o tronco. Asas de frango simulavam os braços e as perninhas. A sobremesa que eu tinha pedido também era delirante. Uma bola de sorvete cercada por quatro bananas em posição vertical, cada uma lambrecada na ponta com uma colherada de chantilli e uma cereja, suscitando a imagem de quatro membros eretos e ensanguentados.

O que é isso?, eu disse, e demos risada. Minha sobremesa parece um... bosque de pênis decepados. Percebi que o rosto do Cícero se turvou com as minhas últimas palavras, como se elas tivessem lhe causado um grande desconforto. Segui apontando para o meu prato e dando risada, para logo perguntar de novo: o que é isso?

Empratamento russo, ele finalmente respondeu, desanuviando o rosto.

Nunca vi isso antes.

Alguns russos gostam de montar os pratos assim, formando desenhos. Parece que é coisa da época czarista, os cozinheiros faziam pra agradar aos monarcas.

Que gosto estranho.

Esses dias vim aqui e o cara do meu lado tava comendo uma salada de batata em forma de sereia. O rabo todo coberto de ervilhas.

Chega a ser comovente, falei, e começamos a comer.

Assim que o Cícero terminou o prato, deixando apenas os braços da mulherzinha, levantou-se e foi ao banheiro. Ao voltar, surpreendeu-me com uma atitude ousada, ou ao menos ousada para ele. Sentou-se ao meu lado. A gente estava muito longe, ele disse sem jeito. Em seguida ficamos um tempo nos olhando, até que seus lábios tocaram os meus. Não foi um beijo ruim, diria até que foi bom, surpreendente para um sujeito tão cerebral, que parecia não se importar muito com as avenidas corpóreas de prazer. Assim que nos afastamos, ele perguntou se eu queria mais alguma coisa e, em seguida, levantou o braço, gesticulando para a loira trazer a conta.

Não chegamos nem ao portão do restaurante. Antes mesmo começamos a nos beijar e fomos nos esgueirando para a lateral do Rasputín, junto a um muro escuro, coberto de musgos e plantas. Que sorte o restaurante não ser frequentado por ninguém, porque ali, com as costas contra o paisagismo úmido e desleixado dos russos, seguimos nos pegando e nos apalpando, até que eu disse: vamos pra tua casa. Ele parou por alguns segundos, como que pensando no que dizer. Por que tanta pressa? Porque eu tô louca por você, eu disse, esperando incendiar até a carbonização o desejo do meu companheiro. Eu também estou louco por você. É por isso mesmo que quero ir com calma. Pensei que ele estivesse de brincadeira, mas continuou sério, olhando para mim. Por que a gente não caminha um pouco? Tem uma praça legal perto daqui, ele disse em seguida, e puxou a minha mão.

Andamos alguns metros e subimos uma escadaria que levava a uma pracinha iluminada, com uma banca de revistas. Quando passamos por baixo de uma árvore, puxei o Cícero para junto de mim e beijei-o, subindo de novo a temperatura, criando mais uma urgência para irmos, mas não adiantou. O Cícero queria na-mo-rar. Assim mesmo, com todas as sílabas. Foi só sentarmos no banco da praça que ele entrelaçou nossos dedos, comentou sobre a Lua, sobre a nossa pequeneza e a magnitude do cosmo, sobre a incapacidade contemporânea de contemplação. Ouvi com paciência a lenga-lenga. Inventei histórias a meu respeito. Fiz mais uma ou duas investidas no sentido de sairmos dali, infrutíferas. Tudo o que fizemos foi conversar por horas. Até que o cansaço nos rendeu. Quando isso aconteceu, ele se ofereceu para me acompanhar até em casa, convite que recusei prontamente. Meliante não anda por aí entregando seu endereço. De forma que agradeci a oferta e disse que não precisava, obrigada, eu iria sozinha. Mas ele fez questão de me levar até o ponto, onde seguimos nos beijando como dois adolescentes, até o meu ônibus aparecer. Quando eu estava entrando, ouvi-o dizendo: quando a gente se vê de novo? As portas se fecharam antes que eu tivesse tempo de responder.

Fiasco no IML

O loiro não apareceu no restaurante. De qualquer forma, deixei o blazer Armani por lá, contando com a vaguíssima possibilidade de ele dar as caras pedindo pela peça. As abotoaduras não resisti e garfei, qualquer coisa diria que se extraviaram ou que foram roubadas por algum dos garçons do restaurante. Então, quando cheguei ao brechó, era no parzinho Pierre Cardin que eu estava pensando, em quanto pediria por ele, cálculo que foi interrompido pela imagem da Sandra. Dessa vez a roupa dela tinha sido trocada, mas não parecia ter sido trocada pela Tiana. Estava só com um vestido preto e um par de sapatos, sem nem uma pulseira ou colar, sem nem um acessório. Não que todos os looks da Sandra fossem cheios de penduricalhos. Mas, como eu já disse, tinha sempre alguma coisinha que a tirava da vala de pedaço de plástico e a alçava ao posto de encarnação de sonhos. Estivesse ela toda de preto, por exemplo, teria ao menos um casquete na cabeça, algo que fizesse pensar numa viúva, um acessório que transcendesse sua natureza silenciosa de objeto e contasse uma história.

Fui até o caixa, cumprimentei a Tiana e, botando as duas peças sobre o balcão, disse: olha isso. Achei que ela ficaria empolgada, mas apenas fitou as abotoaduras e falou: Pierre Cardin. Não só isso, eu disse. São vintage. Você não reparou? Claro que reparei, é que hoje não tô bem. Acho que ela queria que eu perguntasse: é mesmo? Mas fiquei quieta. Antes de mais nada, eu queria saber quanto ganharia. Como sempre costumava fazer, ela examinou o produto: soltou e prendeu os fechos, lustrou o metal com um pano que tinha na gaveta. Depois abriu o caixa, pôs uma nota sobre o balcão. Fiz de conta que achei pouco. Ela me deu mais uma nota, o que me surpreendeu, pois costumava ser mais dura nas negociações. Peguei o dinheiro e só então perguntei o que ela tinha. Ela suspirou e me convidou para tomar um chá na sala dos fundos.

Enquanto mergulhava o saquinho de erva-cidreira dentro da xícara, segundo ela um ótimo calmante, a Tiana me contou que estava sendo perseguida pelo Marcelo. Que depois do dia da surra ele começou a ligar pedindo desculpas, dizendo que queria vê-la. Disse que uma parte dela queria encontrá-lo, apesar de tudo continuava apaixonada, mas claro que não topou, sabia que se saísse com ele, mais hora, menos hora acabaria levando porrada de novo, pois era óbvio que aquela história estava longe de estar bem resolvida para ele. Então ela disse para o Marcelo nunca mais aparecer, e esse não, como quase todo não, funcionou como um afrodisíaco. Desde então, ele passou a ligar sem parar, de um jeito doentio, tipo vinte vezes por dia. Como ela não atendeu as ligações, ele começou a passar de carro na frente da loja, os vidros abertos, os olhos fincados nela. Perguntei quantas vezes ele havia feito isso. Ela me disse que quatro vezes só no dia anterior. Que detesta a expressão se borrando, mas era isso que estava acontecendo, ela se borrando de medo. Tanto que cometeu uma loucura. Que loucura?, perguntei. Fui procurar a polícia, ela me disse, e então colocou de novo a chaleira no fogo. Loucura por quê? Porque passei o maior vexame da minha vida. E já sentada ao meu lado, com a segunda xícara na mão, me contou que foi à delegacia para descobrir o que podia fazer para se proteger.

Disse que chegou à pocilga do 24º DP de coque no cabelo, usando um tailleur discretíssimo bege areia, uma senhora de respeito. Sentou e contou tudo para o delegado. Que tinha tomado uma surra, que estava sendo perseguida. O delegado disse que foi ótimo ela ter procurado a polícia. Que, naquele momento, não tinha muito que eles pudessem fazer, mas registrariam um B.O. de agressão física. Assim, se o Marcelo avançasse de alguma maneira, já teria um antecedente, seria mais fácil colocá-lo na cadeia. Ela chegou a relaxar um pouco, a parar de girar para lá e para cá o pingente que trazia junto ao pescoço. Mas claro que a tranquilidade não durou muito. Logo o delegado lhe explicou que, para o B.O. de agressão física valer, também era preciso fazer um exame de corpo de delito. A Tiana achou aquilo um absurdo, então quer dizer que em caso de roubo a polícia acredita na vítima, mas em caso de agressão física duvida? É um mundo feito por homens, pensou. E não sendo uma Rosa Luxemburgo, não tendo nascido com a força necessária para enfiar uma unha pontuda na jugular do sistema, logo se conformou e pegou o papelzinho que lhe deram com o endereço do IML.

Se a delegacia era uma pocilga, o que dizer daquele esqueleto? Porque ela me disse que o IML era isso: um esqueleto. Uma construção de pele e osso como os corpos de pele e osso dentro das gavetas, só a nudez, a crueza, nenhum alívio. Nem os pavorosos calendários de parede, que pontuavam com alguma cor a delegacia, quebravam o cinza daquelas paredes. Tudo o que havia dentro da recepção era um guichê e algumas filas de cadeiras, o revestimento descolando dos fêmures de metal, uma luz também fria chamando as senhas. Quando sua vez chegou, forneceu alguns dados e foi encaminhada para uma das salas do corredor, onde foi atendida por uma mulher pequerrucha, foi assim mesmo que ela disse: pequerrucha, de botas e jaleco branco. Contou de novo toda a história para a mulher, que ouvia e anotava, ouvia e anotava. Ao fim, a mulher saltou da cadeira e disse: vamos ver isso aí. Pediu para que ela tirasse a roupa. Meio constrangida – a Tiana esperava que lhe oferecessem um roupão ou ao menos um chinelo para proteger seus pés daquele chão gelado – foi tirando o tailleur, colocando a calcinha e o sutiã sobre uma cadeira. Depois, parou na frente da mulher, aquele corpo enorme na frente da mulher. Diz que a pequerrucha teve que esticar-se toda para examinar o olho. Em seguida, verificou o tronco, os hematomas já meio marrons. Os arranhões das pernas. Por fim, agachou-se e deu uma olhada no saco. Que estrago, Sebastiana, que estrago, falou. Em seguida, cruzando os braços, encaixando uma mão sob cada axila: agora me diz uma coisa, comé que tu deixou fazerem um negócio desses com você? A Tiana ficou quieta, achou que era uma daquelas perguntas que não pediam resposta. A mulher deu uma olhada no B.O., perguntou qual era o tamanho dos agressores. Um batia aqui, outro aqui, a Tiana falou, mostrando alturas menores do que a dela. E o que você fez com eles?, a mulher perguntou. A Tiana falou que nada, que não reagiu. Era a verdade, e também imaginou que era a resposta certa a dar, visto que estava numa instituição pública, num organismo voltado para o bem-estar coletivo. Mas logo percebeu que falou merda, porque a mulher começou a fazer um barulho estranho, como uma panela de pressão que começa a esquentar, um chiadinho crescendo através dos dentes, a cabeça agitando-se como se fosse mesmo uma tampa a soltar fumaça, até que sua inquietação estourou numa frase que foi quase um grito: por que tu não deu porrada neles? Eu, eu... A Tiana titubeou, e a mulher foi em frente: eu sei que tu é mulher na hora de falar, de se vestir... Mas na hora que rola uma briga, é corpo contra corpo, e teu corpo é igual ao deles, porra! E disse que esse porra a mulher falou tão alto, mas tão alto, que alguém veio ver o que estava acontecendo, uma figura surgiu pelo vão da porta. E, ao ver essa pessoa, um rapaz também de jaleco branco, ela disse: vem cá, Luís, e, apontando para o corpo nu da Tiana, perguntou para ele a mesma coisa, se ele não achava que a Tiana tinha que ter dado porrada nos agressores. O rapaz balançou afirmativamente a cabeça, sabe-se lá se concordando ou apenas evitando encrenca. A mulher fez sinal para que ele saísse da sala. Depois, se acalmando, chegou pertinho da Tiana: todo dia eu atendo mais de vinte mulheres que dariam tudo pra ter um muque que nem o teu, pra botar moral nesses vagabundos que partem pra cima delas. Tu tem todo o direito de ser protegida pela lei, tá aqui teu exame de corpo de delito, disse, entregando um papel. Mas quero que me prometa uma coisa: se isso acontecer de novo, tu vai dar pelo menos uma bem dada nesse vagabundo. Tá entendido, macho? A Tiana disse que balançou a cabeça várias vezes, até que a mulher finalmente apontou para as roupas na cadeira, dizendo que ela podia se vestir.

A Tiana disse que nessa hora teve uma sensação estranha, de ser uma farsa, como um homem que se veste de mulher no Carnaval ou como uma mulher que carrega um corpo que não é o seu. E não é isso que você é?, perguntei. Uma mulher carregando um corpo que não é o teu? Claro que não. Eu sou tudo isso que eu sou, que não é homem, nem mulher, talvez nem trans, porque às vezes também não me sinto trans. Aí você tá complicando, falei. E ela me disse que os outros é que complicam. Que não entende a obsessão das pessoas com gênero, uma necessidade de viver enquadrando os outros numa categoria, como se a sexualidade e suas derivações fossem a coisa mais importante que existe, quando na verdade são apenas uma pequena parcela do que somos, a nossa tão vasta existência precisando passar por um buraco de agulha. O que a gente ganha com isso além de preconceito e um W.C. especial? Pra que grudar uma etiqueta na testa escrito mulher ou homem ou trans ou hétero ou homo quando não precisamos de definição nenhuma? Eu disse que ela estava certa, mas que talvez precisássemos de alguns rótulos para nos enxergarmos na desordem que é ser alguém. Ela disse que tudo bem, mas será que não podíamos usar uns rótulos mais inofensivos e menos limitadores? Tá bom, falei. E como você se definiria? Áries com ascendente em pavão, ela falou, e demos risada.

Depois ela quis saber sobre o Cícero, se tinha rolado alguma coisa no dia em que nos encontramos no bar da faculdade. Contei que fomos jantar num lugar charmoso, com luz indireta e paredes vermelhas, pois sabia que ela gostava desse tipo de detalhe. Que romântico, ela suspirou, e ficou com os olhos cheios de lágrimas, acho que pensando no Marcelo.

Radiografia de tórax posteroanterior

Antes de entrar, me olho uma última vez no estojo de maquiagem, sem imaginar a quantidade de espelhos com que cruzarei lá dentro. O primeiro está no hall de entrada e através dele vejo o reflexo do Otto, segurando um Aperol Spritz ou um Bellini, de longe não dá pra ver direito. Passo por umas poucas pessoas que já estão na festa e vou cumprimentá-lo. Ele diz: que bom que você veio, e pergunta o que eu quero beber. Digo para ele que não bebo e, na falta de qualquer coisa com cafeína, aceito uma tônica. O Biel aparece logo depois, vindo dos fundos da casa, com um saco de gelo na mão. Parece feliz em me ver. Ou talvez esteja apenas aliviado em largar aquele saco pesado e gelado em algum canto. Ele me dá um beijo, pergunta como estou e depois põe uma rodela de limão no meu copo, dizendo que não beber até vai, mas segurar um copo sem charme é inadmissível. Em seguida, organiza os copos, as bebidas e o gelo sobre uma bancada, enquanto escuto o Otto me falar sobre o estrobo que ele insiste em pendurar no canto da sala, mesmo sabendo que nas suas festas as pessoas nunca dançam.

Um grupo barulhento entra pela porta e há entre eles uma mulher que olha para o Otto e depois para mim. Tem os seios grandes, o rosto cheio de sardas. O Otto anda em direção a ela. Os dois se beijam na boca. O resto do grupo se espalha em volta da mesa de centro, onde uma garota de uns dezesseis anos – que ouvi o Otto chamar de confeiteira – começa a tirar uns apetrechos da bolsa. O Biel aparece ao meu lado, com um uísque na mão, e pergunta como estão as coisas. Conto para ele que estão andando. Meio devagar para o meu gosto, mas andando. Ele pergunta quando vou encontrar o Cícero de novo. Digo que na próxima semana. Capricha, ele me diz. Capricha que eu tô precisando da grana. Pergunto se aconteceu alguma coisa. O Biel diz que não, mas que vai acontecer. E então me conta que a moça de seios grandes e rosto cheio de sardas está meio que morando com o Otto. E maquinando para botá-lo para fora da casa. Pergunto se ele fez alguma coisa para ela. O Biel diz que não, claro que não, mas imagina que a moça queira acordar e ir até a cozinha de peitos de fora sem encontrar um intruso no caminho. O que, no fundo, ele acha compreensível. Digo que, se ele for pra rua, pode ficar uns dias na minha casa. Ele agradece, mas fala que não quer misturar as coisas. Você não vai misturar nada, digo, e dou uma risada para ele, e me sinto ridícula por ter dado aquela risada.

Depois olho em volta e percebo que a confeiteira já está fazendo seu trabalho. Debruçada sobre um espelho grande e ovalado, que cobre boa parte da mesa de centro, a confeiteira bate linhas de cocaína em um formato ainda indistinguível para mim e para os outros convidados, que a observam enquanto bebem e conversam ao seu redor. Me aproximo um pouco, seguida pelo Biel, e me comovo ao ver o desenho em linhas brancas que agora vai se formando sobre o espelho. Fosse um círculo ou até mesmo um coração, eu nem daria bola, mas lá está uma singela baleia com esguichos saindo da cabeça, uma baleia que esguicha e sorri através de traços granulosos e imperfeitos, revelando – ainda mais do que o espelho onde a confeiteira se debruça – que sua autora é apenas e tão somente uma criança. Como se ouvisse meu pensamento e quisesse dissipá-lo, a confeiteira abre as pernas, pega uma nota já enrolada de cem reais, curva-se sobre a sua obra e, sob uma salva de palmas, cheira um bom pedaço do rabo da baleia, depois passando a nota para o cara que está ao seu lado. Que deprê, sussurro para o Biel. Isso não é nada. Deprê mesmo é quando eles não têm farinha pra fazer o desenho, ele diz. E logo depois: vou pegar um uísque. Quer mais uma tônica? Digo que sim e fico por ali, observando a baleia ser aspirada. A sardenta, que acaba de fungar a nadadeira superior e ainda está com a narina meio suja de branco, vem na minha direção. Me dá um beijo, se apresenta como Kátia. Depois me pergunta de onde eu conheço o Otto. E sem paciência para esperar minha resposta: você fez algum trabalho pra ele? Eu nem sei o que ele faz da vida, digo com certo desprezo. Ela diz que pensava que eu fosse modelo, que estivesse participando da série que o Otto está fazendo, uma série que critica o consumismo. Em seguida, me conta que ele anda fotografando homens e mulheres embalados em plástico, com etiquetas de preço, como se fossem carne de supermercado. Lembro da mulher enrolada em plástico que vi pela janela. Digo: que ideia incrível, embora na verdade tenha achado uma merda. Ela conta mais alguma coisa, mas não presto tanta atenção porque o Biel aparece ao meu lado, colocando na minha mão um copo enfeitado com uma rodela de laranja retorcida. Ele e a Kátia se cumprimentam e ela continua conversando comigo como se ele não estivesse ali, ignorando-o de propósito do alto da sua verborragia. Percebendo que não é benquisto – e talvez certificando-se de que não estou falando nenhuma bobagem – o Biel se afasta e eu balanço a cabeça e solto mais uns uau! e nossa!, até que a Kátia se convence que eu não estou ali para competir com ela, que não tenho interesse de roubar seu amor, ou seja lá o que o Otto represente para ela. Feito isso, ela me deixa com minha tônica e resolvo andar um pouco, ver as outras figuras da festa.

Não demora muito para que eu tope com o Biel conversando com uma mulher de feiura intrigante. Digo intrigante porque não é uma feiura relativa, como a que geralmente vemos por aí, que pode ser interpretada como charme ou originalidade, que aos olhos dos generosos pode até ser vista como beleza. A feiura dela é completa e inescapável, uma cadafalso para um poço sem fundo, um troféu às avessas. Como descrevê-la? Talvez como alguém feita de cera e colocada perto do fogo. Alguém cujas extremidades – pernas, braços, queixo e nariz – parecem ter derretido e alongado-se mais do que deveriam. A verticalidade do corpo, ainda que muito visível, é atenuada por uma saia preta e sem graça. Mas o rosto, com a cruel proeminência de todo rosto, não tem onde se esconder. E eu me pergunto o que o Biel viu nela. Que qualidade conseguiu abrandar e quem sabe até transformar aqueles contornos. Me pergunto e logo depois deixo de me perguntar, afinal não posso ficar ali parada olhando feito uma idiota para os dois.

Ando para o outro lado da sala. Mexo no celular. Depois vou ao banheiro sem muita vontade de ir ao banheiro. O lavabo está ocupado e espero, até que duas garotas saem de dentro, deixando para trás uma marofa de maconha. Entro, me tranco, sento no vaso. Dou uma mijadinha só pra fazer valer a visita. Enquanto isso, escaneio o banheiro, vendo se não tem nada por ali que eu possa roubar. Uma vez afanei uma saboneteira de prata em forma de peixe que me rendeu uma grana. Mas aquele é o lavabo de um bofe, secretariado por outro bofe, e tudo o que vejo são rolos de papel higiênico, um sabonete líquido e uma toalha velha e manchada de tinta.

Chego à sala e encontro o Biel ainda conversando com a comprida, falando e rindo com ela, só que agora com um copo de uísque cheio na mão. Penso que deveria ter trazido uma amiga para me fazer companhia, que deveria ter insistido com a Tiana. Vou até a mesa de centro, troco algumas palavras com a Kátia e com o Otto. Percebo que o Biel olha de longe para mim, conferindo se ainda estou por ali. Em seguida, ele volta a falar com a comprida. Penso: foda-se o Biel. Talvez seja melhor que eu fique sozinha. Se bobear, ainda acabo fazendo um troco.

Varro o ambiente procurando alguém que esteja só como eu. Encontro um cara tatuado com flores até o pescoço junto à janela. Encontro uma garota mexendo no celular. Meu olhar também resvala num casal, num movimento estranho que chama minha atenção. O homem, que segura sua mulher pela cintura, vira para o outro lado e beija a boca de uma garota. Depois as duas se aproximam e se beijam, cobrindo o homem com uma mistura de cabelos castanhos e loiros. Me animo pensando num ménage. Na quantidade de objetos soltos em volta da cama – bolsas, carteiras, joias –, nos seus donos ocupados demais para sentirem falta de alguma coisa. Pela forma como os três se encostam e se misturam, também penso que já treparam, que já se conhecem muito além do terreno limitado do intelecto. Não sei se porque olho para eles, a mulher mais velha também olha para mim. É bonita. A mais bonita dos três. Tem uma boca grande, um sorriso debochado, os dentes do meio bem separados entre si. Dou um tempo e depois, como quem não quer nada, me aproximo dos três: alguém sabe o endereço daqui? Preciso passar pra uma pessoa. O homem diz: acho que é Minas Gerais, 90 ou 90 e pouco. Finjo que estou teclando a informação. Depois digo: a festa ainda vai longe, né? A bonita diz: fala pro teu amigo ou amiga que ele pode vir a pé do Uruguai que ainda chega a tempo. Todos dão risada, inclusive eu. Depois, avanço mais um pouquinho, quase entrando na roda, e digo: é a primeira vez que venho numa festa aqui. A bonita abre espaço para mim. Logo descubro que ela se chama Esmeralda, que a garota se chama Maitê e que o homem se chama Hector. Também descubro que Hector é diretor de cinema e que Esmeralda é cenografista. Por isso Esmeralda conhece Otto, porque às vezes fazem cenários juntos. Já Maitê conhece o Otto através de Esmeralda. Ou melhor, não conhece, pois me conta que nunca trocou uma palavra com ele.

Quando acho que estou decodificando um pouco o triângulo amoroso – o casal coopta a jovenzinha Maitê para dar uma atiçada na brasa já agonizante do casamento –, um cara aparece e beija a boca da Maitê e da Esmeralda, me fazendo pensar que talvez eu não esteja diante de um triângulo, mas de um quadrado. Minha excitação chega a níveis inéditos. Reimagino a cama deles, agora com dois paus e quatro seios e oito pernas e oito braços – sem contar os meus –, e penso que nesse belo e próspero cenário eu poderia roubar até um cu que ninguém perceberia. Confirmando minha suposição, Esmeralda me apresenta o rapaz, dizendo: esse é o Pablo, nosso namorado. Tento reagir à informação com naturalidade, falando algo como: bacana, mas logo percebo que não é isso que eles querem ouvir. Eles querem que eu fique chocada. Que eu reaja como se estivesse vendo, na minha frente, um grupo de unicórnios. Então externo toda a minha perplexidade e pergunto: mas peraí, vocês todos namoram? Como partes de um mesmo organismo, os quatro balançam juntos a cabeça. Depois Esmeralda me conta que, originalmente, eram dois casais: ela e Hector, Maitê e Pablo, mas hoje os quatro compõem uma coisa só. Antes que eu faça mais alguma pergunta ou ironize a situação, Maitê bota moral: ao contrário do que muita gente pensa, o que rola entre nós não é bagunça, nem suruba. É poliamor. E qual a diferença?, pergunto. Hector diz: o poliamor é uma forma de se relacionar e, como toda a forma de se relacionar, tem algumas regras. Por exemplo: eu não poderia transar só com a Maitê porque desse jeito estaria traindo os outros dois, criando uma relação paralela dentro da nossa relação. Maitê continua: a gente não troca de casal, a gente só transa a quatro. Pablo completa: e só entre nós quatro. Esmeralda franze o nariz e dá uma risada safada pra mim, como quem diz para não levar o Pablo muito a sério. Depois pergunta se tenho namorado. Digo para Esmeralda que não, que acho uma treta se relacionar, que não consigo imaginar como eles conseguem fazer a quatro aquilo que já me parece difícil a dois. Hector diz que a quatro pode ser até mais fácil, porque o dom de tolerar e respeitar, tão importante para o sucesso de uma relação, já está na gênese do poliamor. A conversa continua e percebo que um dos maiores prazeres de ser poliamoroso é falar sobre ser poliamoroso, porque, por mais que eu tenha parado de fazer perguntas e até tenha me distraído um pouco – olhando para o Biel e para a comprida, que não param de conversar –, eles seguem falando sobre o assunto, sobre como a nossa sociedade é careta, sobre como as pessoas são idiotas ou culturalmente condicionadas a ponto de não perceberem a natureza generosa do amor.

Enquanto suas vozes se entrelaçam, se soltam e se entrelaçam de novo, vejo que o Biel vem na minha direção. Ou na direção do bar, que está bem atrás de mim. Recuo um pouco, permitindo que ele me aborde sem ter que entrar na roda ou interromper a conversa. Tudo bem por aí?, ele diz perto da minha orelha. Tudo bem, digo, e vou com ele até o bar. Tudo bem, tirando o fato de eu estar no meio de uns surubeiros, completo. Ele dá risada e diz algo como: que maravilha, sorte a tua. Eu conto que na verdade os quatro namoram, que eu nunca tinha topado com uma configuração desse tipo. O Biel me conta que também não. Depois, esperando que a gente engrene numa conversa, pergunto: e com você, tudo bem? Tudo ótimo, ele diz, e, sem falar mais nada, sai andando com dois copos cheios em direção à comprida. Eu não sei o que fazer com as mãos. Não sei o que fazer com meu corpo todo.

Resolvo pegar uma bebida. Alcoólica. A última vez que bebi foi na cidade onde nasci, num baile de debutantes, quando eu, assim como a maioria das outras meninas, tinha quinze anos. Ainda hoje sinto enjoo ao lembrar do gosto do uísque paraguaio que botei para dentro e depois para fora naquela noite. E, por mais repulsiva que seja essa lembrança, resolvo beber. Pego a vodca, misturo com a tônica, tomo um gole e devo ter feito uma cara feia, porque a Esmeralda, que está me olhando de longe, dá risada. Dá risada e depois gesticula: volta aqui com a gente. Eu vou, pensando se aqueles quatro vão dar jogo. Mas logo percebo que vai ser difícil. A conversa, que girava em torno de gosto musical, envereda para signos. Ao ouvir o meu, Maitê sentencia: não combina com os nossos. Pablo vai além: os escorpianos são traiçoeiros. Esmeralda me defende, dizendo que aquilo é uma bobagem, uma característica do animal que é erroneamente atribuída ao signo. Mas a impressão que tenho é que, qualquer signo que eu fale, mesmo libra com sua passividade de balança, vai ser detonado. Por um motivo simples e que só agora eu percebo: ninguém está naquela relação para viver a natureza generosa do amor. Todos estão ali com um único objetivo: comer a Esmeralda. Comer a safada da Esmeralda. Hector, que olha para a mulher como se tivesse acabado de conhecê-la, deve ter engolido a surubagem como uma condição necessária para permanecer ao lado da esposa. Maitê e Pablo, dois pivetes despreparados até para esconder o próprio ciúme, devem ter encontrado na sua condição de casal, de produto 2 em 1, uma oportunidade única para conquistar uma mulher que, estando avulsos, eles nunca conseguiriam conquistar. E eu já devo estar um pouco bêbada porque, em vez de achá-los uns palermas, sinto por eles uma espécie de empatia. Talvez por perceber que nunca teremos arbítrio no labirinto de desencontros que conduz ao amor correspondido.

A bebida me dá certa euforia e resolvo falar um pouco de mim. Já com a segunda vodca-tônica na mão, conto para o grupo que não costumo beber, conto sobre meu porre no baile de debutantes, sobre o ator de novela que apresentava as debutantes para a sociedade vestido de príncipe. Eles riem e eu me acho a pessoa mais engraçada do mundo. Resolvo contar essa história para o Biel ou contar qualquer outra história para o Biel. Com a inibição ceifada pelo álcool, penso: por que não? Por que não fazer o que tenho vontade e ainda descobrir quem é a comprida? Peço licença aos policornos e me dirijo toda empinada ao outro canto da sala, parando ao lado do Biel. Ele se assusta um pouco ao me ver. Olha para o meu copo e, não sei bem como, desconfia que aquele líquido transparente não é só tônica. Você bebendo?, ele me pergunta. Eu digo: sim, hoje a Rabudinha resolveu beber. A palavra Rabudinha põe a comprida em estado de alerta, seus olhos se abrem para me medir dos pés à cabeça, e tenho a sensação de que suas pupilas, já tão pretas e grandes, se dilatam mais ainda. O Biel nos apresenta, me diz que ela se chama Mildred. Depois diz para ela que somos amigos há anos. Fico surpresa com a mentira. Tenho vontade de dizer que realmente nos conhecemos bem, que fomos namorados, que ainda damos nossas trepadas de vez em quando. Mas claro que não posso fazer isso. Então sorrio, pego no braço do Biel e digo apenas: é verdade, eu e essa bichona nos conhecemos há anos. A Mildred olha intrigada para ele. Ele olha irritado para mim. Mas o desconforto fica por aí, afinal o bichona foi em tom de brincadeira, uma mera hipótese borrifada no ar, ele não pode nem ficar bravo comigo. Tanto que a conversa continua, a Mildred perguntando se sou do mundo das artes. Digo que não, mas é como se tivesse dito que sim, porque em seguida ela pergunta se eu e o Biel acompanhamos a Bienal de Veneza e, antes que a gente responda, ela se adianta dizendo que foi um tédio, que a arte anda um tédio, que só não voltou para o Brasil no meio da Bienal porque foi convidada para uma festa da Marina Abramović, e a Marina ficaria chateadíssima se ela não fosse. Biel diz que conhece a Marina, que esteve em uma exposição dela em Belgrado, quando ela ainda era uma artista desconhecida, que os dois conversaram, que ele achou a Marina uma pessoa incrível. Mildred pergunta se conhecemos o vídeo da cebola. Biel faz uma cara estranha, de quem está puxando algo pela memória. Eu digo que não. Ela nos conta que, nesse vídeo, enquanto come uma cebola com casca, Marina se queixa de que está cansada de passar a vida em aeroportos, festas, coquetéis, galerias, e que é exatamente assim que ela, Mildred, se sente hoje. Penso em sugerir que ela tente um novo circuito: festa na laje, hospital público, ponto de ônibus, rodoviária, mas claro que não falo nada. Digo apenas: pelo menos você não tem que engolir uma cebola. Aí é que você se engana, todos nós engolimos uma cebola. A cebola é a representação do nosso vazio. Eu suspiro. Suspiro e penso: puta que o pariu que papo chato. O que, afinal, o Biel viu nessa mulher? Depois escuto os dois falando sobre o Otto, sobre as videoinstalações do Otto, sobre a dificuldade dos artistas em escolher foto ou vídeo nos últimos anos. Me sinto perdida. Antes que eu pareça uma garçonete sem curso superior, saio da roda e vou até o bar, em busca de mais uma vodca-tônica, em busca do bem-estar que senti na primeira dose.

Claro que não volto mais para perto dos dois. Abordo o cara tatuado com flores, o romântico que resolveu plantar um roseiral do peito ao pescoço. Já estou bêbada, não tenho dificuldade nenhuma em puxar assunto. Minto que pretendo fazer uma tatuagem, um ideograma ou uma palavra na nuca, pergunto onde ele tatuou aquelas flores tão lindas. Ele me conta que foi num tal de Zezão ou Jocão, não lembro direito e tampouco importa, e seguimos falando sobre tatuagem, sobre argolas, sobre adereços tribais. Depois, ele me oferece um cigarro e eu – que não fumo e nem gosto de cigarro – aceito. Dou uma tragada, duas, talvez três, até que me sinto enjoada. Um enjoo que galopa pela minha garganta fazendo com que eu saia no meio da conversa, corra pro lavabo, bata na porta e entre vomitando lá dentro. É isso que eu faço: entro vomitando no banheiro. Me agarro com paixão à privada, como se ela fosse um amante, e continuo botando um líquido viscoso para fora. Quando já acabei ou estou perto de acabar, sinto uma mão tocando meu pescoço e uma voz dizendo: tudo bem, Rabudinha? O que você acha?, respondo. Enquanto lavo a boca, o Biel pergunta: quanto de vodca você botou em cada dose? Quase meio copo, digo. Ele dá risada. Tanto tempo trabalhando de garçonete e não sabe fazer uma vodca-tônica. Ou sabe até demais, ele diz e me estende a toalha. Seco a boca e, quando vou dizer que estou indo embora, tenho mais uma onda de enjoo e me aproximo da privada, mas nada acontece. O Biel diz: vem cá, me puxa pelo braço e me leva até o quarto dele. Deduzo que é o quarto dele pelo cashmere preto pendurado num cabideiro e pela pouca quantidade de móveis. Além do cabideiro, só um colchão de casal no chão e um armário estreito, de uma porta. Ele puxa o lençol e diz: descansa. Vou trazer água pra você. Devo estar arrebentada, porque deito e logo em seguida pego no sono, não ouvindo ele voltar com a água, só acordando bem mais tarde, quando ele se deita ao meu lado.

Isso deve ser lá pelas seis da manhã. Percebo passarinhos cantando para lá da janela, uma certa claridade entrando pelas persianas. Para lá da porta do quarto, escuto vozes e música. Me sinto numa bolha, suspensa entre o dia que nasce e a noite que se recusa a acabar. Viro para o lado e digo para o Biel que vou me levantar, que já estou indo. Ele diz pra eu relaxar, que aquilo não é hora de ir embora. Que, se eu preferir, ele pode dormir em outro canto da casa. Digo que não, que a presença dele não me incomoda, e ajeito o lençol, deixando um pedaço de tecido para ele. Depois, pergunto:

A Mildred já foi embora?

Já. Faz tempo.

O que você tá querendo com ela? Roubar um rim?

Não chega a tanto. Só quero sair, namorar, me encostar um tempo.

Cuidado. Nem todo artista é rico como o Otto.

Ela não é artista. É galerista. Cheia da grana.

Ah, bom, digo, e viro de barriga para cima, olhando para o teto, como ele. E deu certo? Catou a baranga?

Não, mas peguei o telefone.

Tudo aquilo só pra pegar um telefone?

Depois dos cinquenta as pessoas preferem ir com calma.

Achei que com cinquenta as pessoas já estavam livres desse tipo de moralismo.

Não é por moralismo. É por preguiça. Aos cinquenta é muito mais excitante pensar que o fim da noite te reserva um banho do que uma trepada.

Você não tomou banho.

Como você sabe?

O cheiro de cigarro.

Desculpe, nem sinto mais.

Pelo menos tirou o chapéu. Achei que você dormisse com ele.

Engraçadinha.

Tudo isso é vergonha de ser careca?

Careca, não. Calvo. Mas não é isso, ele diz. E, inclinando a cabeça em direção ao Fedora que agora também está pendurado no cabide, continua: esse chapéu era do meu pai. A única coisa que eu conheci do meu pai.

Como assim?

Sou um clichê do submundo. Eu sou filho de uma puta.

Putas têm namorados, maridos.

Meu pai era cliente. Transou duas vezes com a minha mãe. Na segunda deixou esse chapéu. Nunca mais apareceu.

Que bosta.

Pois é.

Como ela sabe que você é filho desse cara?

As putas sabem tudo. Eu cresci no meio delas, elas sabem tudo.

E você sabe o nome dele?

Só o primeiro: Lúcio.

Lúcio, repito.

E você, é filha de quem?

De uma louca.

Da categoria camisa de força ou uma dessas tantas que andam soltas por aí?

Uma dessas tantas. Do pior tipo: que parece normal. Uma alma caridosa que nunca teve tempo para se dedicar à família porque estava sempre se dedicando aos pobres, tricotando blusas de lã para os pobres.

Me parece uma boa senhora.

Vai ouvindo, digo, e me dou conta que nunca contei esta história para ninguém. Ou pelo menos ninguém que não fosse da minha cidade. Quando minha mãe morreu, com sessenta e dois anos, eu e minha irmã fomos esvaziar a casa. Na hora que subimos no sótão, encontramos duzentas e quarenta blusas de lã. Eu sei porque nós contamos: duzentas e quarenta. E todas da mesma cor, porque ela só gostava de tricotar com fios verdes.

Não tô entendendo.

Ela nunca doou nada pra ninguém. Acho que o discurso de ajudar os outros foi uma desculpa que ela inventou pra se manter alheia à família, pra passar todos os seus dias, de domingo a domingo, tricotando sem parar na frente da tevê.

Talvez ela planejasse fazer uma entrega cinematográfica.

Acho que não, digo, e dou uma risada meio murcha. Mas eu e minha irmã fizemos isso, uma entrega cinematográfica. No dia em que a gente encontrou as blusas, no dia em que a minha mãe morreu, tava um puta frio. Em Lages sempre faz um puta frio. A gente distribuiu tudo, deu blusas para todos os fodidos da cidade. Foi bonito de ver. Aquele povo todo andando com as blusas, aquele monte de pontos verdes espalhados pelas ruas.

Então, no final das contas, deu certo.

É, mas se dependesse da minha mãe eles iam continuar se cagando de frio, eu digo, e então ficamos em silêncio.

Depois de um tempo, o Biel vira para mim e fala: você pretende usar a grana do livro pra quê? Voltar pra Lages?

Voltar lá pra fazer o quê? Ser infeliz com qualidade de vida, como toda aquela gente? Prefiro ser infeliz aqui mesmo. É mais interessante. Mas respondendo à tua pergunta: pretendo usar a grana pra dar entrada num apê.

Pô, Rabudinha.

Eu sei. É um sonho meio... pequeno-burguês.

Por que você não pega essa grana e compra uma moto, uma passagem pra Roma?

Porque eu não quero, com a tua idade, ter que ficar me encostando em beldades como a Mildred pra ter um teto, digo. E depois pergunto: e você, pretende fazer o quê?

Pagar um hotel enquanto não me encosto em alguma beldade como a Mildred e voltar a fumar Marlboro. Eu não vejo a hora de voltar a fumar um cigarro decente.

Que belo plano. Continuar na mesma e parcelar um câncer em condições mais agradáveis, digo. Depois, olho para o lado e vejo que, apesar da minha patada, ele está com aquele sorriso de sempre, e penso que talvez ele tenha mesmo um belo plano: não ser escravizado pelo futuro. Enquanto penso sobre isso, percebo que na sala toca uma música que eu amo: *Absolute Beginners*, do David Bowie.

Tudo o que sei em inglês aprendi ouvindo essa música, digo para ele. Se um dia eu for pra Inglaterra ou pros Estados Unidos ou pra Roma, não vou saber pedir um copo d'água, mas vou saber dizer pra qualquer desconhecido que somos absolutos iniciantes, com quase nada a perder.

Legal. Mas vou te dizer: detesto o Bowie.

Por quê?

Um dos primeiros e únicos empregos que tive foi numa boate chamada Glam, no fim dos anos setenta. Pra atrair a clientela, eu tinha que ficar na porta da boate, com um macacão colado e umas botas plataformas, que nem as do Bowie, gritando mulher paga meia. Torci o pé por causa dessas botas, ele me diz. E damos risada. A risada faz nossos corpos se mexerem e nossas mãos se encostarem, criando uma pequena superfície de contato. Sinto um calor irradiar desse recorte de pele para o meu corpo todo. Nem eu nem ele afastamos os dedos. Ficamos assim por um tempo, ouvindo a música e olhando para o teto com os dedos colados, até que escutamos um estampido e nos mexemos, desgrudando as mãos. Em seguida, viramos um para cada lado. Vejo que o Biel fecha os olhos e também fecho os meus, pegando no sono logo depois.

Em torno do meio-dia, acordo com o Otto gritando: acorda, caralho. O Biel se mexe na cama, depois se levanta. O Otto diz que o uísque acabou. O Biel pergunta se ainda tem leite. Ele diz que sim. Só precisam que ele vá comprar uísque e um saco de pão. O Otto sai do quarto. O Biel olha para mim e diz: bom dia, Rabudinha, e começa a se vestir. Tomada por um constrangimento estranho, puxo o lençol e me aninho na cama. Me dou conta de que nunca antes tinha dormido ao lado de alguém. Já deitei na cama de sei lá quantos desconhecidos, já tirei a roupa na frente de pessoas de quem nem sabia o nome, mas nunca tinha fechado as pálpebras ao lado de outra pessoa. Talvez porque a maior demonstração de intimidade para mim fosse essa, dividir o sono, o momento em que estamos mais desarmados, entregues. Tanto que me sinto nua de um outro jeito, muito além da pele. Tanto que só relaxo depois que o Biel me dá tchau e vai embora, apressado, botando a carteira no bolso. Então me levanto, me visto, calço minhas botas. Quando já estou pronta, quase saindo do quarto, sinto a presença do armário, lembro que ele existe. Vou até a porta e me certifico de que não há ninguém no corredor. Depois encosto a porta do quarto e abro a porta do móvel. Ainda bem que não estou ali para roubar nada porque puta que o pariu como o guarda-roupa do Biel é micho. Passo o dedo pelas poucas roupas, pelas poucas camisetas. Percebo, embaixo da pilha, um envelope. Abro e encontro, lá dentro, uma folha grossa e cinza, que coloco contra a luz. Não sei por que a imagem que vejo na folha me fascina. Dobro com cuidado o suvenir e meto dentro da bolsa.

Concerto de tiorba

No começo da tarde, recebi a mensagem: quer ir a um concerto comigo amanhã? A palavra amanhã me deixou aliviada, porque se o Cícero tivesse me convidado para sair naquela noite, eu teria que mexer na escala do restaurante, encontrar alguém para me substituir, e talvez não conseguisse. Mas o convite foi para o domingo, minha noite de folga. Pensei que os astros estavam a meu favor, e já comecei a me preparar para o grande dia. Separei uma sacolinha de plástico para guardar *O Guarani*. Dei um Google para ver que concertos havia naquela data, para me inteirar um pouco do assunto e ter o que comentar a respeito. Encontrei apenas um: Orquestra do Estado tocando Beethoven no Municipal. Fui entender como funcionava uma orquestra. Fui ouvir a *Sinfonia Nº 9* em ré menor. Descobri que Beethoven ficou surdo. Que não gostava de tomar banho. Que sua música *Pour Elise* é aquela que tocava no caminhão do gás e nas esperas telefônicas. Só faltava achar uma roupa, algo um pouco mais elegante do que as regatas e saias que eu vinha usando, e pronto, já estava apta para embarcar no programa.

Nas mensagens, o cavalheiro também disse que me buscaria em casa. Achei gentil, e extremamente inconveniente, já que não podia revelar meu endereço. Tentei despistar, disse que não precisava, mas ele não desistiu. Então menti que morava no Copan, prédio com mais de mil apartamentos e sei lá quantos blocos, uma encrenca para localizar a portaria certa numa primeira visita, o melhor era ele me esperar lá na frente que eu desceria na hora marcada.

Um pouco antes das seis, eu estava embaixo do famoso prédio. Às seis e quatro vi ele atravessando a rua e vindo na minha direção. Me cumprimentou de forma desajeitada, sem saber se me beijava na boca ou no rosto, optando enfim por uma das faces. Tava com saudade, me disse suspirando. Eu também, menti. E então nos beijamos de verdade, a língua dele pesando sobre a minha, e eu pensando que o beijo dele era bom não só pela destreza bucomaxilofacial, mas pela intensidade do professor, uma intensidade que dava para sentir na pele. Quando enfim nos desgrudamos, ele disse: que coincidência você morar aqui, é perto do lugar aonde vamos. E então saímos andando de mãos dadas pela Avenida Ipiranga.

Enquanto caminhávamos, ele perguntou se eu curtia música clássica. Eu disse que amava, especialmente Beethoven, um dos meus compositores preferidos. Contei que nem de *Pour Elise*, que tocava tanto, eu tinha enjoado. Ele perguntou se eu também gostava de música de câmara. Não soube o que dizer, e achei que nesse caso seria bom fazer a ignorante, não tem nada mais chato do que uma pessoa que sabe tudo, então falei: nunca entendi direito o que é música de câmara. Ele deu um sorriso quase completo, o sorriso de um mestre recém-empossado no púlpito efêmero do diálogo, e me contou que música de câmara é a música tocada por uma pequena orquestra, geralmente um quarteto de cordas. Parece interessante, falei. Ele disse que ia ser magnífico, que só não ia me contar mais para não estragar a surpresa. Depois, perguntou sobre a minha reportagem, se eu já tinha mandado para o blog. Afirmei que sim, e seguimos falando sobre coisas da faculdade.

De repente, percebi que não íamos em direção ao Teatro Municipal, que seus passos me guiavam para outra rua, para a porta de uma galeria. Uma entrada pela qual eu já tinha passado dezenas de vezes, sem nunca me interessar em saber o que havia dentro. Agora eu descobria que a galeria continha um pequeno teatro, já cheio de pessoas na porta. Enquanto o Cícero retirava nossos ingressos, dei uma olhada no público. Eram todas variações do professor, figuras avessas à moda e a qualquer tipo de ousadia. Lembrei de um livro que vi no brechó da Tiana, um livro com roupas do século quinze, homens vestidos de meia-calça, sapatos de salto, perucas. Fiquei pensando o que aconteceu com o homem contemporâneo para ter se tornado tão menos espirituoso, tão mais burocrático. E ali dentro da galeria não eram só os homens que se vestiam assim, as mulheres também, dentro de seus vestidos com caimento tão interessante quanto o de uma sacola de supermercado. Pelo menos o artista da noite era um tipo mais sinuoso. Eu vi no pôster, colado perto da bilheteria. Um homem com camisa, colete e um bigode finíssimo. Quando ia me aproximar para ver o que estava escrito no pôster, senti um braço me enlaçando, uma boca quase tocando meu pescoço. Vamos?, Cícero disse, e entramos na sala, junto com o resto do público.

Quando as cortinas se abriram, havia apenas uma cadeira, iluminada por um halo de luz. O homem que vi no pôster entrou no palco carregando um instrumento e sentou-se na cadeira, sob uma salva de palmas. O Cícero olhou para mim com oitenta por cento de um sorriso, pousou a mão na minha coxa e depois se voltou para a frente. Eu fiz o mesmo, impressionada que estava com a beleza do instrumento. Um corpo de madeira em forma de gota, com um braço de mais de um metro de comprimento, percorrido por mais de uma dezena de cordas. Um objeto tão grande que parecia portar o instrumentista, e não o contrário. Mas, quando o rapaz começou a tocar, ficou claro que ele não só portava aquele instrumento, mas que tinha toda sua extensão dominada na ponta dos dedos. Que som mais peculiar e bonito saía daquelas cordas. Cheguei a me emocionar, a sentir gratidão pelo Cícero por ter me levado ali. Quando a música acabou, ele virou para o lado e sussurrou: curtiu? Balancei a cabeça. Estebán Sobral, o maior compositor e instrumentista de tiorba do mundo, ele completou. Pensei que talvez não fosse tão difícil ser o maior do mundo quando o assunto era um instrumento que, em vinte e nove anos de vida, eu nunca tinha visto nem ouvido falar. De qualquer forma, o Estebán era bom. O único problema é que, depois da terceira ou quarta música, o som daquele mesmo e único transatlântico começava a ficar tedioso, dar no saco. Mas essa era apenas a minha opinião. Lá pela quinta música, vi que o Cícero chorava de emoção. Não a lágrima discreta que costumamos derramar vendo um filme. Chorava a cântaros. Percebi que tentava segurar, mas não conseguia. Limpou o rosto, tentou se justificar: é *Sonata Heroica*!, e, apesar de suas tentativas de contenção, seguiu desaguando-se, e então eu o tranquilizei sobre qualquer julgamento da minha parte, fazendo uma expressão amigável e um carinho na sua perna, mas por dentro estava impressionada, me perguntando de onde vinha aquela torrente, se o choro e o beijo tinham a mesma origem.

Quando o concerto acabou, fiz coro à salva entusiasmada de palmas, torcendo para que o Estebán não voltasse para um bis. Não voltou. Talvez porque isso não seja comum nesse tipo de concerto, talvez porque nem ele aguentasse mais a si mesmo. Fato é que o homem ao meu lado vibrava, enquanto eu pensava no duro que estava dando para conseguir *O Guarani*, duro que agora exigia que eu dissesse: nossa, Cícero, foi maravilhoso.

Saímos da sala assim, falando sobre o concerto, o professor me contando que a tiorba foi criada no século dezesseis como uma variação ao alaúde, e que ele era fã do Estebán porque, além de o cara ser um virtuose nas cordas, mantinha vivo um instrumento quase extinto, tocá-lo era como falar uma língua morta. Talvez seguíssemos conversando sobre isso se a lateral do teatro não se mostrasse tão convidativa. Ao lado da saída, havia uma espécie de galpão desativado, para onde nos esgueiramos, já grudados pela língua. Quando a coisa começou a esquentar, eu disse: vamos? Vamos, ele falou, e foi me puxando pela mão. Quero te levar a um lugar, quero te dar um presente. Pensei que nunca, na história da humanidade, uma mulher deve ter sentido tanta raiva de um cara querendo lhe presentear. A minha vontade era dizer: deixa isso pra lá e vamos logo pra tua casa, mas segui caminhando ao lado do professor, enquanto ele me contava que o lugar ficava só a oito quadras de onde estávamos e que, se eu não me importasse, podíamos ir andando, ele adorava andar, ainda mais em tão boa companhia.

Lá fomos nós, falando do que falam os apaixonados: sou escorpião com ascendente em aquário, sou gêmeos mas não acredito em signo, sou a mais nova de cinco irmãos, sou filho único e quando tinha sete anos caí de bicicleta e tive que pôr um pino, meu primeiro beijo foi numa festa de igreja, o meu numa biblioteca, gosto de dançar, respeito quem gosta, mas não entendo por que as pessoas dançam, sou alérgica ao pólen das flores e não curto primavera, não sou alérgico, mas também não curto primavera e muito menos verão, um dia quero conhecer Las Vegas, detesto qualquer tipo de jogo.

Era o momento perfeito para chegarmos a uma joalheria (mal sabem os joalheiros quanto perdem por não atenderem clientes à noite, embriagados pelo amor e pelo álcool) mas chegamos a um sebo. Um sebo que não devia conter nenhuma joia como *O Guarani* porque ficava todo aberto para a rua. Não era feio, de maneira alguma. Era um lugar descolado, com pendentes cor de bronze iluminando pilhas de livros, uma mesinha ao fundo. Como fiquei sabendo depois, o dono largou o mercado financeiro para abrir aquele sebo. Optou por viver com menos para, enfim, viver. Foi com esse cara que o Cícero falou, assim que chegamos. Liguei ontem pedindo pra separar o livro do Rothman, ele disse. E o sujeito: claro, claro, e puxou um volume de dentro da gaveta. O Cícero pôs o livro nas minhas mãos: tive que virar a cidade pra achar isso pra você. Tá esgotado há anos. Dei uma olhada na capa. É o melhor livro sobre reportagem já escrito, o Cícero completou com empolgação. E, por um segundo, cheguei a cogitar se a edição tinha um valor relevante, mas logo vi a etiqueta de preço, módicos trinta reais. Mas para a moça que eu interpretava aquilo tinha, sim, muito valor, de forma que apertei o objeto poeirento contra o peito e disse: que presente incrível. É incrível mesmo, o dono do sebo falou. E depois nos contou que tinha recebido uma leva excelente de livros, parte da biblioteca de um jornalista que estava mudando do país, e que valia a pena dar uma olhada nos outros títulos que eram do sujeito, espalhados sobre a bancada do meio.

Nos aproximamos da bancada. Dei uma vistoria nos títulos, tentando formular algum comentário interessante, mas logo me distraí com o que vi com o canto do olho. O Cícero passava a mão pelas capas como se estivesse fazendo carinho nos livros. De repente, abriu uma das edições e enfiou o nariz lá dentro, cheirando a encadernação. Dá pra sentir o cheiro da cola, disse em seguida. Depois, virando as páginas: sou doido por edições em papel-bíblia. O dono do sebo disse que também curtia folhas de baixa gramatura. Acariciando a capa, o Cícero contou: acredita que a editora deste livro, com essas encadernações maravilhosas, abriu uma livraria de seis metros quadrados em Paris, onde só tem um homem e uma impressora? Tudo bem que é fascinante poder imprimir qualquer livro na hora, mas, me diga, eles vão ter essa aparência, esse cheiro? O dono do sebo balançou a cabeça em sinal de concordância. Vou levar, o Cícero disse, e agarrou-se de vez à edição. Depois perguntou ao dono do sebo se podíamos nos sentar, se o café estava funcionando. O dono disse que sim, e nos acomodamos na mesa, junto com as nossas aquisições.

Demos uma olhada no diminuto cardápio. O Cícero fez nosso pedido. Dois pães de queijo, uma taça de vinho, uma Coca e um café para a moça. E com vinte por cento de um sorriso: ela adora café. Pensei que a paixão é mesmo um treco besta. Onde já se viu orgulhar-se do amante por um motivo tão banal? O dono do sebo foi simpático, disse que também adorava café, que não teria lido tudo o que leu se não fosse a cafeína, e lembro que nessa hora pensei no Biel, desejei que ele estivesse ali para ouvir o que aquele cara tinha a dizer sobre a droga que ele julgava pilantra.

Assim que o dono do sebo se afastou, o Cícero apontou para um dos seus livros:

Você acredita que esse autor se matou com oitenta e seis anos?

Também não entendo quem se suicida.

Isso até entendo, a vida não é exatamente um resort à beira-mar. O que me impressiona é o cara se matar com essa idade. Será que tava tão ruim assim pra não aguentar mais quatro ou cinco anos e ir de morte natural?

Vai ver ele queria ser respeitado. Segundo um cara que conheço, autor bom é autor morto.

O Cícero deu sessenta por cento de um sorriso. Depois disse: não sei se você sabe, mas escritor é uma profissão de risco. O número de óbitos entre escritores é maior que entre motoboys, que entre limpadores de janela.

Fala sério.

Tô falando. Quer ver? Maiakovski, tiro no peito. Virginia Woolf, afogamento. Cesare Pavese, overdose. Horacio Quiroga, cianureto. Mário de Sá Carneiro, estricnina. Camilo Castelo Branco, tiro na têmpora. Hemingway, na boca. Yasunari Kawabata, gás. Stephan Zweig, formicida. Anne Sexton, monóxido de carbono. Klaus Mann, soníferos. Torquato Neto, asfixia. Gerard de Nerval, enforcamento. David Foster Wallace, também.

Como você sabe tudo isso?

Ele pensou um pouco e disse: porque já pensei em me matar. E cruzando os braços: mas claro que não ia fazer isso de um jeito estúpido. Então fui ver como pessoas que eu admiro fizeram.

E?

Descobri que a estupidez tá em falhar na tarefa. O jeito não importa.

Fiquei olhando para ele, meio perplexa com aquela conversa. Acho que ele se tocou porque logo disse: mas isso foi há anos. Agora tô bem. Tô ótimo, e soltou os braços, tentando fazer uma pose descontraída. Depois, para espanar o silêncio ou porque de fato tinha fascínio por aquele assunto, prosseguiu: mas o intrigante é que não dá pra saber o que vem antes, o ovo ou a galinha. Ou seja, por serem pessoas sensíveis, os suicidas em potencial tendem a ser escritores? Ou à medida que se tornam escritores, os suicidas em potencial se isolam e se escavam mentalmente a ponto de se deprimirem e quererem morrer?

Não faço ideia.

Eu também não, disse. E, apontando para outro livro, na bancada perto de nós: essa autora era uma deprimida nata. Enfiou a cabeça no forno, não sem antes deixar dois copos de leite e um prato com biscoitos para quando os filhos acordassem.

Que cena surreal. A mãe estatelada na cozinha e os filhos observando o cadáver e comendo biscoitos. Não é impressionante? A mulher é antes mãe do que ela mesma, eu disse. E, pela primeira vez, me ocorreu que talvez minha mãe sempre tenha desejado morrer, só não se matou com uma agulha de tricô por causa das filhas.

O que foi?, ele disse, acho que percebendo a minha expressão subitamente turvada.

Tava pensando na minha mãe. Uma pessoa tão boa, e tão deprimida.

Ela também...?, ele disse, e botou a mão rente à goela.

Não, foi câncer na bexiga.

Faz tempo?

Três meses, menti para comovê-lo.

Ele tocou a minha mão com carinho. E só não me beijou e abraçou porque a mesa não permitia. A conta, disse com certa ansiedade para o dono do sebo. E em seguida saímos com nossos livros.

Como sempre, nos agarramos nas adjacências do local. Nesse caso, a porta de uma outra garagem, fechada com uma trama de metal. Lembro porque a trama fazia barulho, as juntas metálicas gemiam com a gente. Vamos pra tua casa?, eu disse. Ele ficou quieto. Por favor, insisti. Ele pensou, eu senti que pensou. Vamos esperar só mais um pouco? Vai ser melhor pra gente. Olhei para o lado, para os carros que passavam iluminando nosso palco com seus faróis. Depois virei para o Cícero e disse de um jeito fofo: pronto, já esperei cinco segundos, agora vamos? Ele colocou minha mão entre as dele e falou: outro dia. Não vai demorar, eu prometo. Pensei em insistir mais um pouco, mas a seriedade com que ele disse essa última frase me deu certeza de que seria em vão, e eu não queria constrangê-lo e estragar as coisas. Mas faço questão de te acompanhar até em casa, ele disse em seguida. E daí eu pensei que já era demais. Eu já tinha suportado um concerto de tiorba e uma peregrinação a um sebo. Não ia ficar como uma adolescente sem dinheiro para motel dando amasso dentro de um ônibus (o Cícero só andava de ônibus), até chegar a um prédio que nem era o meu. Menti para ele que minha irmã precisava conversar comigo e que eu ligaria para ela a caminho de casa. Ficaria mais à vontade se estivesse sozinha. Ele falou que então esperaria o ônibus comigo. E que não me deixaria ir embora antes de eu prometer que sairíamos de novo. Prometi, beijei, suspirei. O teatro todo. Depois entrei no ônibus, ainda perplexa com o comportamento antiquado do professor.

Convite

Eu estava servindo uma mesa quando o Biel apareceu. De longe, já vi que ele estava estranho. Além de acenar de um jeito nervoso, estava sério como nunca. Acabei me atrapalhando e servindo suco para quem pediu cerveja, e vice-versa. Assim que destroquei os copos, pedi para a Lia dar uma olhada nas minhas mesas e fui até ele, que me cumprimentou de um jeito rápido e em seguida disse:

Nada?

Puxei-o até bem perto do chafariz.

Ainda não.

Puta que o pariu, Rabudinha.

Eu sei, tá foda. Mas por que esse desespero de uma hora para outra?

O Otto me botou pra fora de casa.

Sério?

Não. Eu vim aqui brincar com você.

Foi por causa da Kátia?

Dela e da farinha. O Otto tá louco, disse, e acendeu um Derby.

Isso não me parece novidade.

Ele deu pra achar que tá todo mundo perseguindo ele.

Pelo que sei, qualquer um que cheira demais tem essa pira.

Mas a dele passou do limite. Lembra daquele estampido que a gente ouviu na cama, no final da festa?

Ahã.

Era de tiro. O Otto atirou no cachorro do vizinho.

Por quê?

Ele entrou numas que o vizinho era olheiro da polícia e que o cachorro era um farejador.

Seria engraçado se não fosse triste.

É triste. Só triste. Eu assisti às crianças enterrando o cachorro no jardim, enquanto a Kátia e o Otto fodiam no quarto.

Que filho da puta.

E daí o Otto entrou numas que eu também tô mancomunado com a polícia. Que eu tô armando pra pegar ele no flagra.

Por que você não teria feito isso antes?

Eu sei, não faz o menor sentido. Mas faz sentido na cabeça perturbada dos dois. Ou é uma ótima desculpa pra me pôr pra fora da casa sem peso na consciência. Vai saber. O fato é que hoje ele me acordou gritando, jogando todas as minhas roupas pra fora do armário.

Quer ficar uns dias lá em casa?

Talvez eu queira. Mas antes me diz: você trabalha hoje à noite?

Hoje só faço o turno do almoço.

Quer me acompanhar numa festa?

Sorri feito uma idiota. Que tipo de festa?

Festa de aniversário, traje passeio, você vai gostar.

De quem?

Você não conhece.

Fingi que estava pensando, enquanto um imenso sim parido pelas minhas entranhas subia em direção à boca.

Que bom que você topou, Rabudinha. Posso te pedir só uma coisa?

Claro.

Você pode ir de peruca?

Por quê? Depois da festa a gente vai assaltar um banco?

Adoraria, mas já te disse que sou frouxo demais pra esse tipo de coisa.

Então...

É uma festa de judeus ortodoxos, você vai se sentir melhor usando uma peruca.

Nunca tinha sido convidada para uma festa de judeus, quanto mais ortodoxos, achei estranho, mas vai saber?, pensei que a peruca pudesse fazer parte do protocolo.

Pode ser ruiva?, falei, já pensando numa Kanekalon que usei para me fantasiar de Jessica Rabbit numa festa de funcionários do restaurante.

Claro. E arrumando o chapéu, já se preparando para sair: te pego às oito?

Ok, te passo meu endereço.

Bolsa de metal Bottega Veneta

Me olho no espelho umas cinquenta vezes antes de sair. Não é modo de dizer. Me olho mesmo meia centena de vezes, parte delas no espelho do quarto, parte no espelho do banheiro. Não sei por que a insegurança, estou ótima com esse vestido. É preto e longo com uma fenda nas costas, o tipo de modelo que não tem erro. Por incrível que pareça, também estou bem com a peruca, com a mecha volumosa e ruiva que valoriza meu rosto. O telefone apita enquanto borrifo um Flower by Kenzo roubado. Tô descendo, digito. E ainda me olho uma última vez no espelho antes de sair.

Assim que piso na rua, sigo a instrução do Biel e procuro por ele ou por um táxi na rua paralela à minha, mas o único veículo que vejo é uma Mercedes-Benz, em fila dupla. Para minha surpresa, o motorista desce e abre a porta da Mercedes para mim. Passo por dois fumadores de crack deitados na calçada e olho para dentro: lá está o Biel, sentado no banco de trás. Da onde saiu esse carro?, pergunto. Uber, Rabudinha, mas isso ninguém precisa saber. Entro, dou um beijo nele e me ajeito no banco, sentindo falta de alguma coisa. O chapéu, logo me dou conta. E então percebo, no topo de sua cabeça, uma outra coisa. Um quipá de veludo azul. Aponto para o acessório: o que é isso? Estamos a caminho de um bar mitzvah. E, em seguida, sussurrando: eu sou Benny Szlomovitz e você é minha mulher, Fanny Szlomovitz. Entendeu, Fanny? Balanço a cabeça afirmativamente. Depois faço menção de fazer uma pergunta, mas o Biel olha de soslaio para o motorista e de novo para mim, dando a entender que não estamos sozinhos e que eu devo fechar a boca. Penso que não preciso me submeter ao silêncio do Biel, que posso descer do carro e mandar ele à merda, mas a verdade é que já estou fisgada pela isca viva da curiosidade e sinto meus olhos quase ejetarem-se do crânio quando paramos na frente de um prédio enorme, com um portão enorme, cheio de seguranças na frente. Um deles logo se aproxima da nossa Mercedes. O Biel abre o vidro e diz: boa noite. Somos convidados do Dani. Benny e Fanny Szlomovitz. O segurança curva-se e olha para mim. Depois procura nossos nomes na lista. Ésse zê, o Biel soletra para ele. E em seguida, sorrindo: nós, judeus, com esses sobrenomes complicados... O segurança também sorri, imagino que pensando na quantidade de pessoas que já tiveram que soletrar suas bombas ortográficas para ele naquela noite. Em seguida, risca o papel e diz: bem-vindos.

O motorista desce do carro e abre a porta para nós. Depois vai embora, dando espaço para outros dois carros que estão chegando, um Bentley e um veículo meio vagabundo que, imagino, faz a segurança do primeiro. O Biel faz sinal para andarmos, para seguirmos em direção ao hall iluminado, onde uma mulher de tailleur, com jeito de hostess, sorri para nós. Percebo a presença de uma câmera pregada junto à entrada do hall e me alivio por estar de peruca. Também percebo que o Biel tira um pequeno pacote do bolso, que logo entrega para a hostess. Seu nome?, ela pergunta pra ele. Depois etiqueta o pacotinho que ele lhe entregou com seu nome falso e coloca-o sobre uma pilha alta de presentes que, imagino, serão abertos por alguma funcionária e agradecidos por alguma funcionária. As pessoas que deviam estar no Bentley surgem atrás de nós. O Biel passa a mão pela minha cintura, põe a boca no meu ouvido: a partir de agora somos Davi e

Sarah Cohen. E então segue me conduzindo para dentro da festa. Sinto uma excitação incrível, não sei se pela expectativa do que vem pela frente, por sentir a mão no Biel nas minhas costas ou por tudo isso junto.

Os anfitriões estão perto da entrada recebendo os convidados e nos olham com curiosidade e alguma simpatia. O Biel não se intimida e vai ao encontro deles. Sinto certo nervosismo ante a possibilidade de interagir com os dois, mas a voz do Biel me acalma, dizendo tranquilamente para a anfitriã: boa noite, Eva. Eu também cumprimento-a e ele prossegue: parabéns pelo Dani. Nosso menino não pôde vir porque tá com conjuntivite, mas estamos aqui representando a família. A Eva não ousa cometer a gafe de perguntar quem somos nós ou o nosso menino. Pelo contrário, ela sorri para o marido dela como que nos avalizando, como quem diz: seja educado com eles. E é assim que o judeuzão se porta, com um cumprimento amigável e breve, até porque atrás de nós está de novo a família do Bentley, todos aparentemente ansiosos para abraçar o casal anfitrião.

Pego um copo de Coca de uma bandeja, aliviada por ter passado pela prova de fogo da entrada e admirada com o tamanho do salão de festa, algo que imaginava existir dentro de um clube, mas nunca dentro de um prédio. O salão, para meu alívio, e imagino que para alívio do Biel, está cheio e não demoramos a desaparecer na quase multidão que bebe e conversa. Agora que relaxei um pouco, percebo que de fato muitas mulheres estão usando perucas, e todos os homens têm alguma coisa na cabeça, seja um quipá ou um chapelão. Olho para o lado e vejo que meu querido Davi Cohen está virando o uísque como se virasse um copo d'água. Assim que termina, ele segura a minha mão. Rabudinha, você tá linda. Depois me puxa pela cintura, põe a boca no meu ouvido e sussurra: se quiser roubar alguma coisa, seja rápida, não quero demorar mais do que vinte minutos aqui dentro. Murcho sobre meus sapatos de courino C&A. Mas cair na real também não é ruim. Estou no meio de dezenas, talvez centenas de bolsas largadas sobre as mesas, suas donas conversando distraídas debaixo de seus couros cabeludos duplos. Mas e o Biel, vai roubar o quê? E só não faço essa pergunta para ele porque acho que quanto menos falarmos, melhor. Ainda mais agora que o salão silencia-se para ouvir alguém que sobe ao palco.

Eu e o Biel estancamos lado a lado, como todos que estão no salão. O apresentador ou rabino ou seja lá o que for cumprimenta os convidados e chama o aniversariante. O garoto vai até o palco. Está com um quipá e um quadradinho preto logo acima da testa, preso por uma fita de couro que desce pela cabeça, pela nuca e depois vai enrolando-se pelo braço até chegar à mão. O sujeito fala sobre o garoto e suas conquistas e depois começa com uma lenga-lenga sobre o amadurecimento, dizendo que o tefilim – acho que esse é o nome do bagulho que ele tem na testa – passa pela cabeça e pela altura do coração para nos lembrar que, como adultos, devemos ter coerência entre o que pensamos, sentimos e fazemos. Em seguida, o garoto lê um trecho de um livro que deve ser a bíblia deles. Eu aproveito para focar no que é sagrado para mim, e percebo que o Biel faz o mesmo, pois vejo seus olhos correndo pelo salão e passando por cada uma das mesas.

Depois que o garoto termina a leitura e o sujeito diz mais algumas coisas sobre a vida adulta, uma música contagiante invade o salão. As pessoas começam a cantar e dançar juntas e, pela primeira vez desde que cheguei, simpatizo com a festa. Mas o que mais me encanta não é o coro coletivo, nem as mulheres dançando de mãos dadas, nem o aniversariante que passeia nas alturas numa cadeira sustentada pelos braços dos convidados. O que mais me encanta é o balé do meu comparsa, que desliza entre as mesas sorrindo e bebendo e me puxando pela cintura enquanto sua mão quase transparente de tão ágil entra nos bolsos dos paletós pendurados nas cadeiras. Calculo que o Biel bate três ou quatro carteiras em cinco minutos (a última não tenho certeza se ele conseguiu retirar do paletó). Já eu, estou em pleno processo de trabalho, observando uma senhorinha bêbada e popular que passa de uma mesa para outra cumprimentando as pessoas, ora esquecendo o celular, ora esquecendo a bolsa, uma pequena clutch de metal trançado. Quando a senhorinha larga a clutch numa mesa vazia e vai para a pista, eu colo no local. Me certifico de que não há câmeras ou olho humano em cima de mim e arrasto a clutch para dentro da minha bolsa. Depois levanto e vou ao encontro do Biel, que está tomando mais um uísque do outro lado da pista. Vamos?, digo para ele. E então reparo que tem um cara olhando para a gente. É impossível que ele tenha me visto roubando, porque eu estava no outro canto. Mas será que ele viu o Biel? Penso em puxar o vira-lata pelo braço e sair andando rápido em direção à saída, mas o Biel faz justamente o contrário. Olha bem para o cara, abre um sorrisão e diz: rapaz, a gente se conhece de algum lugar. Não é do... futebol da Hebraica? O cara aperta os olhos, franze as sobrancelhas. Do futebol, não, mas talvez do vôlei. Eu jogo às terças e quintas, o cara diz. Então é isso, tô por lá toda terça, acho que a gente já se cruzou no vestiário, o Biel fala. E então se apresenta como Davi, me apresentando como Sarah. Se o cara tinha alguma suspeita a nosso respeito, parece ter se diluído, pois, depois de conversar mais um pouco com o Biel – que conta que machucou o joelho, por isso não tem aparecido no clube –, ele vira para o lado e começa a falar com outra pessoa. Mas, por via das dúvidas, o Biel me puxa e partimos cortando caminho pela pista em direção à saída.

A pista está bombando. Velhos, adultos e uma pivetada enlouquecida se sacodem ao ritmo de uma música que, me desculpe o rabino, é música de puteiro. A coesão carnal é tanta que o Biel me coloca à sua frente, abrindo caminho. Lá pelo meio, passamos pelo casal de anfitriões. Acho que para evitar conversa ou qualquer tipo de aproximação, o Biel me puxa para ainda mais perto, me segurando como se eu fosse um escudo, seu braço direito em cima do colo dos meus seios. Sinto meus pelos levantarem e o pau do Biel fazer o mesmo, o volume duro nas minhas costas. Chego a pensar que ele se aproveitou da situação toda para me abraçar por trás, para tirar uma casquinha, e talvez tenha mesmo se aproveitado um pouco, mas logo confirmo que seu principal intuito é se safar dali quanto antes, porque, assim que deixamos a pista, ele me larga e diz: vâmo embora daqui.

Passamos pelas câmeras do hall de cabeça baixa e entramos num outro táxi, que já nos espera lá na frente. Assim que o carro arranca, o Biel diz: obrigado, Rabudinha. Você foi magnífica. Depois diz para o motorista tocar para o centro. Eu começo a rir de alívio, de alegria ou de uma coisa que eu nem sei qual é. Quero perguntar como o Biel arranjou tudo aquilo, quero perguntar um monte de coisas, mas ainda tem o motorista, eu preciso esperar. Depois de um tempo, o Biel vira para mim e diz: foi bom pra você também? Eu abro sutilmente a bolsa, mostrando para ele a clutch que brilha lá dentro. Que ótimo, ele fala, e continuamos olhando para a frente, para a cidade incansável que passa por nós com portas abertas e letreiros acesos.

O carro nos deixa na Rua Anita Ferraz. Assim que ele some de vista, eu tiro a peruca. Comento sobre a coceira que estava sentindo e, enquanto andamos em direção à minha rua, falamos sobre as várias coisas que vimos na festa. Quando percebo, já estamos passando pelo bar que fica na esquina do meu prédio, para o qual o Biel aponta, dizendo: preciso tomar mais uma dose antes de encarar o Otto. Além disso, preciso te agradecer pela parceria. Me permite que te pague um drinque, Sra.

Szlomovitz? Esqueceu que não bebo, Benny? Mas aceito um café. E entramos no bar.

Assim que sentamos, pergunto:

Como você descolou essa festa?

Pelo Facebook. Xeretei as páginas dos ricos paulistanos e vi que ia ter esse bar mitzvah. Daí fui ver quem eram os amigos próximos da família, quem aparecia nas fotos. Depois fiquei acompanhando essas pessoas, até descobrir que o Benny e a Fanny fizeram uma viagem de última hora na véspera da festa.

Ou seja: estavam na lista, mas não iam aparecer.

Exato. Uma hora antes de te buscar ainda dei mais uma conferida. Vi a Fanny postando uma foto dela e do Benny em Belo Horizonte.

Brilhante.

Brilhante é descobrir a cura do câncer. Ou assaltar uma joalheria, que seja. Esse servicinho de hoje foi um quebra-galho, coisa de ladrãozinho sem-vergonha.

Não é muito diferente do que eu faço todo mês.

Você devia fazer coisa melhor. Você é muita areia pra bateção de carteira.

Vai me dar lição de moral?

Infelizmente não tenho moral pra isso, o Biel disse e pediu nossas bebidas e um maço de Marlboro.

E aquele cara, você acha que ele desconfiou da gente?

Talvez não. Os judeus vivem numa comunidade muito fechada. Qualquer pessoa diferente que aparece desperta o interesse deles, o Biel disse. O garçom deixou o maço de cigarros sobre a mesa. O Biel acendeu um, falou algo patético do tipo: Marlboro, que saudades de você. Depois perguntou: e o professor? Não posso acreditar que ainda não rolou nada.

Rolar, rolou. Eu praticamente já trepei com ele em praça pública, em porta de restaurante, em porta de garagem. Mas me levar pra casa dele que é bom, nada.

Por que não? Ele tá casado de novo, tá morando com alguém?

Eu cheguei a pensar isso, que talvez ele estivesse escondendo que é casado. Mas daí ele teria me levado pra um motel ou pedido pra ir pra minha casa, falei. Depois contei para ele os programas que eu e o Cícero fizemos. O Biel deu risada.

Tem graça porque não é com você, eu disse. E depois de tomar um gole daquele café horrendo: não sei por que, mas ele tá enrolando pra me comer.

Ele não diz nada?

Diz, claro que diz. Aquilo que eu já te falei na festa do Otto. Que tá apaixonado por mim, que quer ir com calma. Essas merdas.

Tem louco para tudo.

Será?, falei, e dei mais um gole no café. Às vezes acho que esse livro tem alguma mandinga. Que esse livro não pode ser roubado.

Deixa de ser boba, Rabudinha. Tudo pode ser roubado.

Não é bem assim.

Olhe em volta. Essa garrafa, essa cadeira, esse freezer. Até aquela igreja pode ser roubada, ele diz, e aponta para uma igreja um pouco mais à frente, do outro lado da rua. E não falo roubada só no sentido de ser saqueada, mas roubada mesmo, como já aconteceu com milhares de igrejas que foram transformadas em templos de outras religiões.

Daí pra dizer que tudo pode ser roubado tem uma longa distância.

Te dou outros exemplos. Um país pode ser roubado. Eu não entendo muito de história, mas só a Rússia anexou quantos países?

Belarus virou Bielorrússia, falo, lembrando da origem de um vizinho de Lages.

Você pode ir presa, tua liberdade pode ser roubada.

Vira essa boca pra lá.

Tua sanidade pode ser roubada.

A minha não.

A de qualquer um. Vá ser molestada, torturada pra ver. E me olhando de um jeito dramático e quase ridículo: tua vida pode ser roubada.

Um pensamento não pode ser roubado.

Claro que pode. Eu posso ir te induzindo até descobrir o que você esconde aí dentro. Ou te hipnotizar.

Não seja ridículo.

Trabalhei com um cara na República Tcheca, Pavel Vorlová, que conseguia senhas de banco e segredos de cofre hipnotizando as pessoas. Um estelionatário brilhante.

Brilhante é o cara que pesquisa a cura do câncer. Ou assalta uma joalheria, que seja.

O Biel ri para mim. Depois: mas e aí, tenho ou não tenho razão?

Quase tem.

Quase?

No que eu sinto ninguém passa a mão.

Será?

Aonde você tá querendo chegar com essa conversa?

Em lugar nenhum. Papo de boteco, Rabudinha. Larga mão de ser desconfiada, ele diz, e em seguida pede a conta. O dono do bar anota um número num pedaço úmido de papel. O Biel tira um maço de notas do bolso e põe uma de cinquenta sobre a mesa.

Ninguém pode roubar meu prazer de ter ver pagando uma conta.

Engraçadinha, ele diz, e nos levantamos. Saímos andando em direção ao meu prédio, parando para observar o Noiete, uma figura conhecida no bairro, um craqueiro com transtorno obsessivo-compulsivo que organiza de forma doentia o lixo que junta por aí, enfileirando na calçada moedas ao lado de moedas, isqueiros ao lado de isqueiros, bitucas ao lado de bitucas, quem sabe numa tentativa de botar ordem no caos incontrolável que fervilha dentro e em volta dele. O Biel oferece um cigarro para o Noiete, que aceita e pede fogo, talvez pra não ter que mexer nos seus próprios isqueiros, já tão bem alinhados sobre o petit-pavê. Depois damos boa noite para ele e paramos na frente do meu prédio. Quer subir?, pergunto. O Biel olha para a portaria, para o hall escuro iluminado por uma lâmpada amarela, depois para mim. Pode vir, não tem nenhum mostro lá dentro, eu digo. Ele chega perto de mim, segura meu queixo, olha bem para a minha boca e diz: eu sei, Rabudinha. Depois vai embora. Quando ele já está meio longe, eu grito: o quipá! Ele tira o negócio da cabeça, joga no lixo e segue andando.

Os pombos do bairro

Dessa vez a palestra era sobre *O Retrato de Dorian Gray*, do Oscar Wilde. Eu conhecia o livro, tinha lido na minha passagem meteórica pela faculdade. Talvez por isso, ou porque o Cícero já estivesse no papo, achei que não precisava prestar tanta atenção ao conteúdo. Anotei uma ou outra informação que podia render conversa. Troquei olhares com o professor, que estava algumas fileiras à minha frente, depois comecei a praticar meu esporte preferido. Dei largada com uma garota na minha lateral esquerda. Usava uma bolsa Chloé amarela. Pensei que para chegar a ter uma bolsa de marca na canariesca e incombinável cor amarela, ela já devia ter dezenas de outras. Um closet abarrotado de bolsas básicas. Meu cérebro imprimiu uma etiqueta imaginária que colei sobre a garota, com o rótulo: Altamente Roubável. Em seguida, estiquei minha vista até uma garota de pele morena e olhos puxados, que imaginei ser peruana ou boliviana. Usava uma jaqueta bordada à mão com flores coloridas, o que apontava para um closet com peças étnicas. Etiqueta: Razoavelmente Roubável. Ao lado dela, havia um garoto, usando uma regata e uma saia sem indicação de marca. Pouco Roubável. Em seguida, me estiquei para enxergar a Anita e vi que ela usava a jaqueta do momento, numa imitação de couro que poderia valer uma fortuna se fosse assinada pela ecológica Stella McCartney mas que, naquele caso, devia ser assinada por alguma marca vagabunda de fast fashion, pois nem zíperes de metal tinha, eram de plástico mesmo, merecendo a etiqueta de Não Roubável ou, até mesmo, Deplorável. E, por fim, pousei minhas lupas sobre o professor, que vestia o uniforme previsível dos intelectuais: calça e camisa cor de nada. Não é necessário dizer que ele nem sequer merecia uma etiqueta. E ali, imersa na minha viagem, enquanto a aluna começava a ler um trecho do livro, pensei que meus anos de surrupiagem tinham mudado a minha percepção sobre roupas. Porque antes, quando eu não reparava obsessivamente no que as pessoas vestem, eu pensava o que todo mundo pensa, que a roupa é uma coisa superficial, que não pode e nem deve definir nosso eu interior. Mas que eu interior? Se cavarmos dentro da gente, só vamos achar órgãos e vísceras, o que indica que não temos um núcleo, mas que somos feitos de camadas, e uma delas é a roupa, que vai muito além do que queremos aparentar, é de fato parte do que somos. E, em volta de mim, estavam os exemplos. O cara que usava saia não só acenava para os outros com seu eu feminino como também introjetava essa característica no seu corpo, ao passo que a saia lhe permitia viver uma nova experiência física, tendo, por exemplo, que levantar o tecido como as mulheres ao mijar. E a garota de jaqueta étnica? Aposto que, se estivesse no seu país, estaria vestindo Calvin Klein, mas, estando fora dele, o artesanato local funcionava como um ponto de contato afetivo. Talvez o caso mais interessante ainda seja o da Anita, que, a grosso modo, parecia uma garota tentando ser igual às outras, mas será que isso não seria subestimar a ouvinte? Porque claro que ela sabia que aquela jaqueta vagabunda não enganava ninguém, então aquela peça estava mais para uma demonstração do seu desprendimento do para qualquer outra coisa, e imagino que, à medida que a Anita firmava essa distinção, essa distinção também firmava a Anita. Sobre o Cícero, como tive certeza depois, seus andrajos monocromáticos não eram o resultado de um intelecto exacerbado, despojado do mundo material, como muitos cabeçudos gostam de pensar sobre si mesmos. Eram apenas a parte visível de um fruto inteiramente cinza. E foi esse fruto que se manifestou de repente, interrompendo meu longo momento de distração. Parabéns, Raquel. Ótimo livro, ótima análise. Obrigada, professor. Só tem uma coisa que tem me intrigado em vocês, alunos. Por que essa preferência por autores estrangeiros? Tive a sensação que a turma deu um gemido. Um gemido de cansaço. O Brasil tem escritores maravilhosos: Machado, José de Alencar, Álvares de Azevedo, Olavo Bilac, Guimarães Rosa, Clarice. Ninguém vai perder nota por escolher um autor daqui ou dali, mas tentem abrir os horizontes, superar essa miopia de povo colonizado, vai ser bom pra vocês. Pensei que, como sempre, o Cícero até tinha um ponto, mas era lamentável que sua cultura servisse para produzir julgamentos. Sempre pensei que o conhecimento servia para libertar as pessoas, mas agora também percebia que, aliado à vaidade ou à insegurança, também servia para construir belíssimas gaiolas. E a turma sentia isso. Tanto que, novamente, saíram da sala desanimados, como se estivessem a caminho de um relógio de ponto. Nem a Anita fugia à regra, indo embora cabisbaixa, conformada com minha visível vitória. Porque é claro que eu estava no meu posto de primeira-dama, fincada junto à mesa do professor.

Assim que ficamos a sós, o Cícero perguntou se eu queria ir com ele ao cinema, tinha um filme ótimo que começaria às onze da noite perto da Paulista. Disse que não, obrigada, tinha madrugado fazendo a limpeza do restaurante, o filme me daria sono. Jantar? Disse que já tinha jantado. Café? Disse que também já tinha tomado. Cerveja? Lembrei a ele que éramos abstêmios. Senti que ele ficou um pouco nervoso. Não estava esnobando, só queria ver se ele não me convidava para ir logo para a casa dele. Foi então que sua mente deu uma pirueta e saiu-se com essa: sorvete? Quase dei risada, não poderia haver nada mais oposto ao Cícero que o universo de uma sorveteria, as bolas coloridas, os nomes simpáticos dos sabores, a ideia de escavar uma massa pelo mero exercício do deleite. Levando em conta a efemeridade do programa, achei bom aceitar. E logo estávamos na sorveteria em frente à faculdade, o professor pousando num terreno desconhecido, não sabendo nem que existiam opções de casquinhas, não sabendo nem que duas bolas davam direito a dois sabores. Como o local estava cheio de estudantes, achamos melhor ir até a praça próxima, sentar em um dos bancos sob a árvore centenária. E lá seguimos lambendo e nos lambendo, até que tudo o que havia de gelado no nosso corpo era a boca, e depois nem mais a boca.

Como sempre, chegou uma hora que eu disse: vamos?, e dessa vez ele ignorou o pedido. Continuou me beijando com sofreguidão e resvalando a mão nos meus seios, mesmo estando num lugar público, mesmo estando tão perto da FAAP. Estava tão irritada que abri um pouco os olhos, precisei respirar um pouco a realidade ao meu redor. Lembro que nessa hora vi os pombos da praça, uma dezena de pombos andando à nossa volta, e pensei por que as pessoas chamam os amantes de pombinhos, esse bicho tão sujo e repulsivo? Mas, observando de novo a movimentação das aves, me dei conta de que a designação era perfeita, pois lá estavam eles, tão vidrados quanto os amantes, os olhos arregalados, andando sem parar em busca de migalhas de prazer. Então tive a sensação de que estava num pesadelo, que, da mesma forma que os pombos vivem como que enfeitiçados, incansavelmente andando e repicando o gogó, eu também estava presa num estado de repetição, beijando o mesmo homem na boca pela centésima ou ducentésima vez sem ir a lugar nenhum. Com a diferença de que aqui uma pequena evolução acontecia, as mãos do Cícero avançavam para dentro das minhas coxas. Daqui a pouco a gente vai ser preso por atentado ao pudor, eu disse de repente. Ele deu dez por cento de um sorriso e me pediu desculpas.

Vamos pra tua casa?, sugeri.

Ele não disse nada.

Qual o problema, você mora com alguém?

Não, imagina.

Então...

Eu não quero que aconteça com a gente o que já aconteceu comigo e com outras alunas. Fiquei surpresa. Desde quando ele saía com outras alunas? Até onde o Biel me informou, o Cícero não se envolvia com ninguém, imaginava que tinha pegado a Anita (se muito) e quem sabe mais uma ou outra, nada que lhe desse essa tarimba de garanhão do ensino superior. Sem olhar para mim, ele prosseguiu: não quero que a gente saia, dê uma trepada e acabou.

Da onde você tirou que isso pode acontecer?

Do mundo ao meu redor. Você há de convir que esse pessoal da sua idade só quer saber de pegação. As relações estão banalizadas, o romantismo tá morto, falou de um jeito que me fez pensar em alguém lendo, sem nenhum talento, uma fala de teatro.

Você realmente acha que tudo isso que a gente tá sentindo vai acabar depois de uma noite de sexo?

Ele não disse nada. Nem sequer teve coragem de olhar nos meus olhos.

Quem pensava que o sexo segurava alguma coisa era o meu avô.

Não foi isso que eu quis dizer..., o Cícero falou. E, pelo jeito, não soube o que dizer depois, porque seguiu em silêncio, seguimos os dois em silêncio, num desconforto que fez o professor estalar todos os dedos da mão.

Levantei o rosto dele: olha pra mim, eu tô apaixonada por você.

Eu também, ele falou de um jeito triste, os olhos tentando se firmar na borda do diálogo, mas caindo de novo para o chão. Ficamos nesse clima de merda por sei lá quanto tempo. Quando percebi que nada iria acontecer, que não iríamos para outro lugar, e muito menos para a casa dele, fiz uma manobra ousada, só porque tinha segurança do que ele estava sentindo. Peguei minha bolsa e, já virando de costas, já tomando meu caminho, disse: cansei.

Esperei que ele me chamasse, o que não aconteceu. Ou que tomasse alguma atitude nos próximos dias, sacudido pelo medo de me perder. Enquanto me distanciava da praça, fiquei pensando em qual era o problema do Cícero. Porque nesse momento eu já tinha certeza de que havia algum problema. O discurso de ir com calma podia até fazer sentido na boca de um sujeito antiquado, amante de música de câmara e de literatura romântica, mas por algum motivo não colava na boca do Cícero.

Liquida Bardot

Como sempre, me aproximei do brechó calculando quanto pediria pelo meu produto, a parruda Bottega Veneta. Qual não foi minha surpresa ao ver a Sandra nua, sua virilha lisa entristecendo a vitrine. Colei o rosto no vidro e vi que a loja estava revirada. Todas as roupas fora dos cabides e das prateleiras, o gato passeando sobre as novas avenidas de pano. Toquei a campainha, mas a Tiana não apareceu. Pensei no Marcelo, na possibilidade de ele ter invadido a loja, provocado de alguma maneira aquela bagunça. Mas, observando novamente o interior, percebi que bagunça não era a palavra. Embora as peças estivessem fora do lugar, estavam empilhadas ou separadas por tipo. Me dando conta de que estávamos no fim da estação, concluí que a Tiana faria o que já tinha feito algumas outras vezes: uma liquidação.

O Guarani

Recebo uma mensagem e descubro que a manobra funcionou. Também descubro que tenho um problema. O Cícero pergunta se estou em casa, se posso descer, ele quer falar comigo. Pensando bem, tenho dois problemas. Além de não estar em casa, o local em que ele está nem é o meu endereço. Mas eu não vou perder a chance de encontrá-lo. Ligo para a Lia, que mora pertinho do restaurante, e pergunto se ela pode me cobrir no turno que está para começar. Ela diz que sim. Falo para o Cícero me esperar, não estou em casa mas estou chegando, e já vou enfiando o avental dentro da bolsa e saindo do restaurante.

Pego um táxi em direção ao Copan, acelera por favor que estou com pressa, e enquanto isso vou passando batom, conferindo qual calcinha e sutiã estou usando. Peço que o motorista me deixe duas quadras antes e chego ofegando à frente do prédio da Avenida Ipiranga, como se tivesse andado muito para chegar até ali. Não é difícil encontrá-lo. Está parado embaixo da marquise, segurando um buquê de flores. Flores de plástico. Desculpe a demora, digo. Ele me estende o arranjo, falando: não têm pólen. Sorrio de verdade, com todo o meu corpo, é a primeira vez que ganho flores de um homem e, embora não seja alérgica a pólen, embora essa tenha sido mais uma das minhas mentiras, me agrada pensar que ele se importou comigo. Agradeço com um beijo na boca, uma sugada genuína que nos une com força. Digo: adoraria te chamar pra subir, mas briguei com a menina que mora comigo, tenho medo que ela seja grossa com a gente. Vamos pra minha casa, ele diz com uma resolução que me surpreende, e quase passo mal, tomada por uma mistura de excitação e cafeína. Ele demorou para tomar uma atitude, mas agora está com uma pressa que chega a ser intrigante. Para um táxi – logo ele, que nunca anda de táxi –, explica para o motorista o melhor caminho, me beija como se fosse o último dia da nossa vida, o sol se pondo entre os prédios na Nove de Julho. Ah, São Paulo, como te amo, cidade onde o esforço sempre compensa, perspectiva de pró-labore e bônus até para os batedores de carteira.

O táxi para em frente a um predinho acanhado em Pinheiros. O Cícero abre a porta do carro para mim. Passamos pelo portão e pela portaria, deus do céu, eu nunca viria afanar nada num prédio desses, o hall é de uma pobreza, só um tapete esfiapado e uma natureza-morta de fim de feira. Subimos nos esfregando, eu sinto o pau duro por trás do zíper. O elevador se abre para quatro outras portas, a dele a mais sóbria, sem capacho nem enfeite. Ele gira a chave e entramos, nenhuma surpresa, o apartamento é triste como ele. Na sala tem um pequeno sofá de couro branco, frio e desconfortável, o típico sofá de quem nunca vê a tevê. Ao lado, uma mesa de jantar sem cadeiras. Atrás, uma parede sem quadros, só um prego cravado, como a sublinhar uma ausência. Minha ex levou tudo, ele explica, e penso que isso faz tempo, que ele já podia ter redecorado a casa, mas uma mesa de jantar só interessa a quem se sociabiliza, um quadro só interessa a quem desloca o olhar de si mesmo, uma cozinha só interessa a quem come com prazer. Tanto que a dele não tem quase nada, a fruteira é ocupada por moedas, os únicos vestígios de comida são um saco de pão e uma lata de atum que deve estar ali há meses, quem sabe anos, a tampa recoberta por uma camada de poeira. Também não vejo livros, mas acho isso um bom sinal, imagino que estejam todos juntos em algum outro cômodo.

O Cícero me encaixa contra o balcão da cozinha, lambe meu pescoço, o colo dos meus seios, volta para a minha boca. Sinto o coração dele batendo. Como se tivesse emergido através da caixa torácica, como se estivesse colado diretamente na pele. Imagino que vamos trepar ali mesmo, com aquele coração pulsante entre nós, mas de repente ele para, abre o armário, pega uma garrafa de vinho. Não me surpreendo. Ele é neurótico pelo cálice diário. O estranho é que, em vez de virar uma taça, ele vira duas. A seco. Sem nem tomar a Coca depois. Em seguida, enlaça minhas pernas em volta da sua cintura, me leva no colo pelo corredor. Enquanto seu coração segue ondulando a epiderme, registro três portas: uma escancarada para o banheiro, uma fechada, uma última pela qual entramos.

Ele me deita na cama, desabotoa minha blusa. Meus olhos vasculham os livros na mesa de cabeceira, depois numa pequena pilha sobre a cômoda. Um deles está aberto no topo. Estou longe para enxergar as letras, mas vejo as folhas brancas, as encadernações novas demais para serem do velho *Guarani*. Tudo bem, penso. Mesmo que a relíquia não esteja ali no meio, a pouca quantidade de livros no quarto confirma que a biblioteca da casa deve estar em outro lugar, provavelmente no cômodo da porta fechada. Essa perspectiva me relaxa e volto a sentir a língua do Cícero subindo pelos meus peitos. Já que estou aqui, resolvo dar uma curtida, fecho os olhos para intensificar a sensação e, nessa hora, é a língua do Biel que vem à minha cabeça. Puta merda, penso, o que esse vira-lata tá fazendo no meio da gente? Não é a primeira ocasião em que penso nele, na verdade ele já apareceu nas minhas fantasias dezenas de vezes, mas geralmente acabo afugentando-o, não sou de dar mole para pilantra nem em sonho, mas agora deixo aquela boca cheia de dentes malcuidados me morder, morder o bico do meu peito. E o que me dá mais tesão ainda é abrir os olhos e ver que estou sendo sugada pelos dois, o vira-lata e o professor, porque, verdade seja dita, o Cícero faz o trabalho direito. Tanto que quero mais, puxo-o para junto de mim, estico a mão para abrir o zíper e pegar no pau dele. Sinto que ele se afasta um pouco, o coração exposto batendo mais rápido do que nunca. Desço novamente a mão, e então descubro que não há mais nada ali. O volume que quase arrebentava os dentes metálicos da calça desapareceu. Percebo que ele tenta reavivá-lo. Me beija na boca, mete a mão na minha boceta, outra no meu peito, chupa meu pescoço, alô? corpo cavernoso, por gentileza deixe a sua caverna. Mas nada, o órgão nem sequer levanta a cabeça para olhar para fora. Ele se afasta de mim:

É por isso que eu não queria te trazer pra casa. Sabia que isso ia acontecer.

Normal, você só deve estar um pouco nervoso.

Eu não tô nervoso, tô tendo uma crise de pânico, ele diz, e põe um comprimido embaixo da língua. Depois deita de barriga para cima e começa a inspirar e expirar pela boca.

Posso fazer alguma coisa pra ajudar?

Me dar um corpo com uma carga genética menos constrangedora, ele diz. E depois, percebendo que foi um pouco ríspido, pega na minha mão. Desculpe, é que eu detesto sentir isso que eu tô sentindo.

Sua mão está úmida e acho melhor ficar quieta, deixando-o respirar. Se fosse falar alguma coisa, diria a ele que considero a brochada uma honra. Porque, na maioria nas vezes, os homens não brocham por falta de tesão, mas por nervosismo. Pobre da mulher que nunca se deparou com um órgão acossado. Brochar é alçar a fêmea com uma medalha de ouro à categoria de Mulher Desconcertante. E é movida por essa gratidão que me aproximo dele. Que faço um carinho nos seus cabelos. Que pergunto perto do seu ouvido: tá melhorando? Ele diz que sim, e nos beijamos na boca, rolamos pela cama. De repente, ele para.

Temos que esperar mais um pouco. Eu tô tonto.

Tudo bem.

Sabe aquele comprimido que tomei? É a dose máxima de ansiolítico permitida pra um ser humano. Uma dose capaz de acalmar um búfalo.

Se eu tomasse...

Você dormiria na hora. Não acordaria nem se estivesse no meio de um incêndio, ele diz, e se ajeita contra o espaldar da cama. Mas pra mim é o necessário. Eu sou todo fodido da cabeça.

Você e o mundo, digo, lembrando da quantidade de tarjas pretas que já vi em mesas de cabeceira.

Você não imagina o alívio que senti quando fui medicado pela primeira vez. Durante anos, a maior alegria da minha vida não era dar aula, nem ler poesia, nem ouvir música. A maior alegria da minha vida era sair de uma farmácia com uma sacola cheia de tarja preta. O plástico reciclável se agitando com o vento, o barulho das caixinhas se batendo lá dentro, ele conta com trinta por cento. E depois: mas claro que nada é perfeito. Os remédios que eu tomava, nas doses que eu tomava, acabavam com a minha libido.

Você não tinha vontade?

Eu nem lembrava que existia. Como é que eu posso te explicar?, ele diz, e pensa um pouco. É como se as mulheres fossem a Capela Sistina. Claro que eu gostava de olhar pra elas. Às vezes ficava fascinado, embasbacado. Mas era um lance estético, que não se ligava com o resto do corpo.

Você não fazia sexo?

Muito de vez em quando, ele diz, e penso que se isso é o que ele fala, então a verdade é nunca. Ou seja: aquela história de sair com alunas devia ser mesmo mentira. E vou te dizer que eu tava bem assim. Mas daí... Você apareceu.

E?

Mandei todos os remédios à merda, ele fala, e damos risada. Lembra daquele dia que você tava no bar com a tua amiga?

Claro.

Naquele dia me liguei que tava tendo a chance de me apaixonar de novo, por uma pessoa legal. E, como não dá pra amar alguém como se ama um afresco do Michelangelo, resolvi parar com a porcariada toda.

E tá tudo bem?

Até que tá. Às vezes fico sensível demais, ele diz, e eu lembro daquela choradeira no concerto de tiorba. Às vezes também tenho essas crises de pânico, preciso tomar um Frontal pra me acalmar. Mas são coisas pontuais. Por exemplo, eu sabia que ia ter uma crise quando rolasse entre a gente.

Por isso você ficou adiando?

Foi. Queria que você me conhecesse melhor. Que não me julgasse só por isso, ele diz, e percebo que o remédio está fazendo efeito, pois sua voz está ficando pastosa, seu olhar está ficando meia taça. Porque essa brochada vergonhosa foi só hoje, viu? Daqui a pouco volto ao normal e você tá ferrada, ele fala. E dá uma mordida frouxa no meu ombro. Depois pergunta: e você, nunca precisou tomar nada?

Nunca. Mas às vezes eu fico triste.

Com o quê?

Sei lá, com a vida.

Uma tristeza suportável?

Acho que sim.

Então tá ótimo. Essa é da boa, tristeza gostosa de sentir.

Você tá doido, digo rindo.

Doido nada, ele fala, e liga o aparelho de som ao lado da cama. Depois continua: imagine que você passa sua vida toda num lugar. No meu caso, a tristeza. Por mais sombria que seja, é a minha pátria. Voltar pra ela é como voltar pra casa. É onde me sinto à vontade.

Eu sou nativa da apatia.

Acho que formamos um belo casal, ele fala e sorri embriagado, os olhos quase se fechando. Depois pergunta: gostou da música?

Muito, digo com sinceridade.

É Mahler.

Pelo jeito, também criado na tristeza.

Tem como não gostar dela?, ele me diz, e afunda na cama, aninhando-se a mim. Ficamos assim colados, ouvindo a música, e logo percebo que ele está de olhos fechados, chorando. As lágrimas gordas pingando da barba como de uma calha. A respiração mais calma, cada vez mais calma.

Meu celular toca e fico nervosa, não quero que nada o desperte desse estado de relaxamento. Puxo rápido a bolsa, meto a mão lá dentro e silencio a chamada da Tiana. Mas ao virar para o lado vejo que ele nem percebeu minha movimentação. Está num sono que se aprofunda, um ronco quase inaudível nascendo pela boca. Espero que o ronco cresça. Que o globo ocular se agite sob as pupilas. E vale a pena esperar, porque como o ronco cresce. Quase supera a altura da música.

Então eu me levanto. Passo rapidamente os olhos pela pilha de livros da cômoda, me certificando de que *O Guarani* não está entre eles. Abro a gaveta da mesa de cabeceira, sem fazer barulho. Lá dentro encontro caixas de remédios, um pequeno caderno, um livro do Rimbaud. Meu celular vibra, é novamente a Tiana. Dessa vez desligo. Desligo e avanço pelo corredor, deixando a porta do quarto bem aberta.

Giro o trinco do quarto que está fechado. Escuto mais um ronco, sinal de que posso prosseguir. A porta revela o órgão vital da casa, o cômodo que pulsa e irriga a existência estéril dos outros cômodos. É ali que o Cícero mora. É ali que ele relaxa e se alimenta. Nas quatro paredes forradas de livros. Nas prateleiras quase curvas de segurar tantos volumes. Tábuas de alguma madeira barata, sustentadas por braços de metal. No centro do quarto, há uma escrivaninha, papéis e uma lata de Coca. No pouco espaço restante, uma poltrona de leitura, ladeada por um mesinha minúscula, onde há uma agenda ou caderno com uma capa coberta de post-its. Meus olhos registram tudo porque meu corpo está alerta, sou um gato eriçado pelo medo de ser pega. Parto apressada para cima das estantes. Logo descubro que os livros estão organizados por gênero – ou seria por regiões? –, pois topo com uma gregarada que conheço de nome, não sei se do vestibular ou de uma coleção lançada pelo jornal em fascículos todo domingo, Aristóteles, Platão, Sócrates, outros caras de que nunca ouvi falar, e logo percebo que as obras também estão suborganizadas por ordem alfabética, Zimmer encerrando a sessão, vizinho a Álvaro de Campos ou Fernando Pessoa, não entendo direito. Mas entendo que aqueles são de poesia, que as próximas lombadas inauguram a seção de poesia e literatura, e nossa senhora como fico excitada, não sou mais a nativa da apatia, sou uma menina quase sapateando nas pontas dos pés, meu corpo todo esticado deparando-se com José de Alencar, mais de vinte lombadas do José de Alencar. *Alfarrábios*, *Diva*, *Encarnação*, *Cinco Minutos*, *O Gaúcho*, *O Guarani*. Biel, você não vai acreditar, estou metendo a mão no *Guarani*. E, enquanto puxo a encadernação com o maior cuidado, penso no que vou dizer se o Cícero entrar pela porta, vim dar uma olhada nos livros, você não se importa, né?, quanta coisa bacana. E já com o livro na mão, já pegando a minha bolsa, me dou conta de que aquela capa está moderninha demais. Que aquele índio deve ter sido ilustrado no computador, pois está cercado por uma atmosfera cafona new age que só pode ter sido feita no Photoshop. Faço o que o Biel me disse para fazer: confiro as primeiras páginas. É lá que estão as informações sobre o livro. Em algum lugar perto da palavra copyright, vejo: 1987. Puta merda, tenho vontade de gritar. É velho mas não é o bastante. E viro para estante, meus olhos agora correndo ainda mais rápido, cadê o outro, cadê o que vale? Vou e volto pelas lombadas do José de Alencar, uma maratonista, não sei quantas vezes. Acho até um *Guarani* em cordel, mas a raridade que é bom, nada.

Me sinto uma amadorazinha, porque vamos lá: se o livro vale tanto, o livro não deve estar ali no meio dos outros. Vou ter que vasculhar a casa para encontrá-lo. Antes disso, vou até o quarto do Cícero, me certifico de que ele ainda está dormindo. Tudo certo. Sua tuba fora de ritmo continua pontuando a orquestra do compositor entristecido. O que me permite voltar para o pulmão da casa e analisar as outras possibilidades da biblioteca. Vejamos, vejamos. Onde alguém guardaria algo precioso? Numa caixa de acrílico, como o J., mas não há nenhuma dessas por aqui. Num cofre, me ocorre em seguida, mas o Cícero é duro até para ter um cofre, tudo o que deve ter de valioso é *O Guarani*, que sentido faria comprar um invólucro mais caro do que as coisas que se guardam dentro? Além disso, nessa biblioteca não há armário, não há parede, não há quadro que possa esconder um segredo. São só essas lombadas tão contínuas que às vezes tenho a impressão de estar olhando para um papel de parede estampado com livros. Tenho vontade de estar num filme. De ver uma parede inteira girando e revelando outra sala, que antagoniza com a anterior por ter apenas um livro, um *Guarani* brilhando sobre um pedestal. Credo. Não sei por que perco tempo viajando nessas merdas, talvez porque não saiba o que fazer, ainda estática, fitando loucamente as prateleiras. Então, me movo. Alguns passos e mudo meu ponto de vista e percebo que a escrivaninha tem três gavetas. Abro a da ponta. Provas, trabalhos. Abro a da outra ponta. Lapiseiras, borrachas, post-its, envelopes, aspirinas. A gaveta do meio está trancada. É ela, só pode ser ela, concluo, e, não achando a chave em nenhum lugar, corro para pegar a minha bolsa, vasculhá-la em busca de um grampo. Arreganho as pernas onduladas do acessório de cabelo, com uma das pontas começo a cutucar a fechadura. Não sou ladra profissional, nunca fiz isso antes, mas deve haver um traço de larápio em meus genes como havia no de Mozart para a música, porque logo ouço um tlec e vejo a gaveta se abrindo. Encontro fotos – não vou perder tempo olhando-as, mas é inevitável ver a primeira da pilha, Cícero pequeno sentado numa pedra na praia, ao lado de sua mãe (parece ser sua mãe). Além das fotos, encontro uma concha, não essas espiraladas que ressoam o barulho do mar, uma conchinha rasa mequetrefe, e uma nota de dinheiro estrangeiro. Podia ser dólar, mas claro que não é. É um peso cubano, não deve valer nem um feijão com caruncho. Ou será que vale? Na dúvida, enfio no bolso. Depois olho em volta, pensando onde mais *O Guarani* poderia estar. A biblioteca não tem mais nem um espaço fechado, nem uma porta de armário, nem uma gaveta, de forma que resolvo sair em busca de algum lugar especial, vai que o livro esteja enquadrado na sala e eu não vi? Mas, quando estou saindo, percebo algo no chão, junto à parede. Um desumidificador. Sei o que é porque a Tiana tem um igualzinho, que usa para eliminar os fungos dos sapatos. Lembro do que o Biel me disse, e na hora não dei muita bola, que o livro não estaria num lugar úmido nem ensolarado, porque umidade e luz são inimigos do papel. O que me faz pensar que estou me precipitando em sair. Que talvez *O Guarani* esteja por aqui mesmo. E, enquanto faço essas sinapses, meus olhos recaem sobre a mesinha, sobre a agenda coberta de post-its. Pego-a nas mãos. A capa é de um plástico duro e transparente, transparente como vidro, algo incomum de ver por aí. Descolo os post its. Leio: *O Guarany*. Meus dedos tremem, tremem como nunca tremeram. Respiro fundo, tento me acalmar. Então é isso, a capa de plástico está aí para proteger o livro, o papel deteriorado, a lombada a ponto de descosturar. Mantenho uma mão embaixo da capa, seguro-a como se segurasse uma bandeja cheia de taças de cristal. Com a outra mão, começo a folhear a edição, meus dedos como pinças movendo cada uma das páginas. Até que encontro: 1ª edição. 1857. Puta merda, tenho vontade de gritar. Fecho a capa plástica, inclino-me para pegar minha bolsa, mas antes resolvo dar uma olhada nos post-its, vai que devo levá-los, vai que tem alguma relevância. São comentários sobre *O Guarani*, feitos pelo Cícero, logo reconheço a caligrafia. As anotações são entremeadas por números que indicam páginas e por símbolos minúsculos que logo percebo serem... corações! Corações enaltecendo passagens do livro, num traço juvenil, num amor juvenil. E isso depois de quantas leituras? De uma primeira, de uma segunda, de mais umas três ou quatro que o Cícero deve ter feito para o doutorado, de sei lá quantas que deve ter feito para comparar essa edição com as outras. Pela primeira vez me pergunto se o J. já leu *O Guarani*. Se um dia vai ler. E então a estante dele vem à minha cabeça. A pouca quantidade de títulos, as redomas de acrílico, a ausência de outros livros pela casa. A fixação por obras raras, não necessariamente por literatura. Tanto que o *Macunaíma* não estava aberto numa página de texto, mas de ilustrações. E acho que só não estava aberto na página onde havia o 1/50 porque seria de mau gosto, muito exibicionismo para um cara elegante como ele. Eu me dou conta de que estou tratando com duas figuras distintas, um colecionador e um amante de literatura. Claro que os dois podiam vir na mesma pessoa, mas não me parece o caso. O tesão do Cícero é o conteúdo. O do J., o objeto. Longe de mim julgar o tesão dos outros, mas de repente percebo o valor que esse negócio tem para cada um. Porque, pensando bem, o tesão do J. nem é o objeto. É, antes de tudo, o corpo da sua coleção. O mosaico que precisa ser completado. Uma vez adquirido um certo item, o colecionador sai à procura de outro. Ou até de uma nova coleção, nem que para isso precise embarcar numa Kombi e cruzar a Amazônia. É por isso que a primeira edição de *O Guarani* vale mais de cem mil para o Cícero e quase nada para o J. (cem mil é quase nada para o J.), porque não existe um valor real para nada, só a miríade de valores irreais – e verdadeiros – que nossas emoções etiquetam em cima de tudo. E é com essa percepção de objeto vivo que agora seguro o livro, esse animal rabejando na minha mão, sem saber o que fazer com ele. Porque, além dessa história toda, tem outra coisa. Tem essas rosas de plástico saindo pela minha bolsa. Tem esse cara roncando no quarto ao lado. O único cara que me amou a ponto de se abrir por inteiro, pau murcho e lágrimas nos olhos, numa sinceridade desconcertante. E é isso mesmo que eu vou fazer? Tirar esse livro dele para botar nas mãos do J.? E ainda jogar no lixo a primeira oportunidade que tenho de ser amada? Como um dia, na frente da vitrine da loja de brinquedos e papelaria, essas perguntas são feitas e desfeitas em volta de mim sem que eu consiga achar uma resposta.

Caixa e caixão

Como da outra vez, ele já estava me esperando. O chapéu na cabeça, o cigarro na mão. Me cumprimentou todo alegre, com um beijo no rosto. Quantos planos já devia ter feito? Depois amassou o Marlboro inacabado e entramos, passando pelo mesmo porteiro, pelo mesmo elevador. O mordomo nos esperava, duro como uma escultura, como se nunca tivesse saído dali. Nos conduziu pelo hall e pela sala, que dessa vez estava escura. A varanda e todas as janelas fechadas, blecautes cortando a entrada de luz. O J. surgiu dessa penumbra, como um espectro se materializando entre as obras de arte. Desculpem, estou com uma enxaqueca horrível, nos disse. Depois acendeu alguns pontos de luz a meio metro do chão, uma iluminação elegante que devia servir para guiar seus passos quando ele e a casa desfaleciam. Sentamos na sala. Os rostos sombreados, os pés em destaque. Pela primeira vez, reparei nos sapatos vulgares e gastos do Biel, tão diferentes dos chinelos exóticos de ponta retorcida que o J. estava usando, algo que ele deve ter comprado em alguma viagem pelas Arábias. Devia estar ansioso, pois bateu várias vezes a sola do chinelo contra o calcanhar, enquanto perguntava como estávamos, o que queríamos beber, para logo depois indagar: deu tudo certo? Eu disse que sim e tirei o envelope da bolsa, estendendo-o na sua direção. Ele colocou os óculos de leitura. Depois foi puxando livro e sobrecapa com cuidado, seu sorriso crescendo à medida que via a edição, até seu rosto adquirir uma expressão tão extasiada que ele nem se parecia ele mesmo. Acho que ia falar alguma coisa, mas refreou-se, talvez com medo que eu estivesse gravando, que um dia fosse chantageá-lo, vai saber. De qualquer forma, não se conteve. Levantou, deu um beijo fervoroso na minha testa e disse: minha Salomé! (Algo que nunca entendi.) O Biel, que já mamava seu uisquinho, levantou o copo no ar, no brinde solitário dos que bebem em horários mundanos.

Com *O Guarani* nas mãos, o J. foi até a sala adjunta, dizendo para que o acompanhássemos. Abriu as cortinas com uma expressão de desgosto, como um vampiro que desperta antes da hora. Depois, parado junto à janela, banhado pela claridade, abriu o livro nas primeiras páginas, acredito que verificando a data da edição e outras coisas desse tipo. Folheou adiante, observou a lombada, a capa de proteção. Aquele lá não é burro nem nada, disse. Poliéster cristal, 175 micras. O melhor material pra preservação de edições raras. Mas imagina se vou ficar manuseando esta joia. Dito isso, pegou a ponta da capa e começou a retirá-la do livro. Limpou a lombada com um dos pincéis de crina de cavalo. Em seguida, levantou uma das tampas de acrílico, retirou o *Macunaíma* lá de dentro e colocou *O Guarani* no seu lugar. Ainda ficou um tempo inclinado, admirando sua nova aquisição, para então fechar a caixa com uma solenidade que me fez pensar que estávamos enterrando o livro, que a caixa de acrílico desceria chão abaixo e caberia a mim jogar alguns punhados de terra sobre ela. Pensei no Cícero, no que ele acharia de tudo aquilo, mas logo tratei de afastar esse pensamento. Segui observando o Biel e o J., que agora guardava o *Macunaíma* entre os outros livros da estante, no limbo dos amores destituídos. Me surpreendi ao ver que mal acabara de guardar as edições e seu rosto já voltara ao normal, a expressão de desolamento que lhe era tão característica, talvez agora intensificada pela enxaqueca. Com esse desenho no rosto, tocou um interruptor, que fez o barulho de uma campainha. Assustei-me. É pra chamar o mordomo, o Biel explicou-me baixinho, e o empalhado logo apareceu com dois pacotes de plástico preto, botando um na minha mão, outro na mão do Biel. Nessa hora meu telefone tocou, a Tiana de novo. Pensei em atender, em ver o que ela tanto queria, mas claro que não era a hora. Silenciei o aparelho e enfiei-o dentro da bolsa, junto com o pacote preto. O J. pediu que o mordomo fechasse as cortinas. Depois se desculpou por ter que se despedir de nós, mas estava péssimo, precisava repousar imediatamente.

Com ou sem enxaqueca, ele queria livrar-se de nós, da mesma forma que nós queríamos nos livrar dele. Ou que eu queria, já que o Biel continuava grudado ao seu copo de uísque, mesmo enquanto já caminhávamos em direção ao hall. Assim que as portas do elevador se fecharam, eu e o vira-lata nos olhamos, e desse olhar nunca vou esquecer, uma mistura de cumplicidade, carinho e excitação, protegidos dentro das portas de ferro de todas as intempéries dos nossos próprios desejos, ali dentro estivemos juntos como nunca estivéramos. Claro que não fizemos nem falamos nada, porque as pupilas pretas de segurança nos intimidavam, mas, assim que passamos pelo portão e caímos na Avenida Higienópolis, o vira-lata me levantou no ar e disse: te amo, Rabudinha. Assim que meus pés pousaram no chão, fizemos o que queríamos fazer desde que recebemos o envelope: conferir o que havia dentro. Claro que não desconfiávamos do J., não fazia sentido ele nos passar a perna, mas não sei explicar, era algo instintivo, espiar as notas, a quantidade delas. Tanto que nós dois fizemos exatamente a mesma coisa. Sem paciência para descolar a aba plástica, rasgamos cada um os nossos envelopes. Depois de uma rápida e discreta checagem, meti parte do dinheiro no sutiã, deixando o resto na bolsa. O Biel distribuiu o volume entre os bolsos da calça, deixando o resto no bolso interno da jaqueta. E tudo isso ao mesmo tempo, como se tivéssemos combinado ou ensaiado nossas manobras. O que na hora me fez pensar que havíamos nascido um para o outro, dois cães vagabundos no canil que é o mundo. Pena que essa sensação boa foi interrompida logo depois, quando o Biel tirou os cigarros e uma caixa de fósforos do bolso. Era uma dessas caixas de fósforos de hotel, o nome do estabelecimento impresso na aba. Hotel Denver, com três estrelas embaixo. Eu conhecia aquele lugar. Está bom que tinha três estrelas. Só se fossem as do céu. E nem isso, porque eu lembrava bem desse hotel, ficava ao lado do viaduto do Bixiga, em meio a uma poluição que apagava todo e qualquer brilho do firmamento. Um pulgueiro. Mas claro que não foi a categoria do hotel que me desconcertou, para mim tanto fazia se ele estivesse no Denver ou no Fasano. O problema era ele ter optado por ficar uns dias num hotel, e não na minha casa, como eu havia oferecido quando ele me disse que estava prestes a ser ejetado pelo Otto. E como eu sei que ele estava de fato no Denver? Como sei que a caixa de fósforos não foi pega por aí, de alguma mulher ou amigo? Porque ele ficou sem jeito quando viu meus olhos pousarem no nome do hotel, quando viu minhas bochechas se avermelharem de irritação. Não disse nada e ainda despistou a brisa, como era bem do seu feitio.

Uma cerveja ali no bar da esquina pra comemorar?

Não acho legal a gente ficar andando por aí com essa grana.

Deixa de ser besta, Rabudinha.

Besta é quem dá mole pra assaltante. Eu vou depositar no banco. Depois a gente comemora, eu disse. E formulando o que já tinha planejado: podemos jantar num lugar bacana hoje à noite, que tal?

Lembro que nessa hora ele sorriu. Um sorriso afetuoso e demorado, que só se desfez quando ele disse: claro que podemos.

Como a gente faz?

Te ligo mais tarde.

Tá bom, falei. E trocamos um beijo rápido no rosto.

Em seguida, dei as costas para pegar a Avenida Angélica, a caminho da agência bancária. Depois de dar uns dois ou três passos, ouvi: peraí, Rabudinha. Eu me virei para trás e vi o Biel olhando para mim. Sem dizer nada, me puxou e me beijou na boca. Um beijo quase desajeitado, com gosto de cinzeiro mas bom, bom porque era dele. Quando acabou, viramos cada um para um lado e seguimos nossos caminhos.

Abraço de plástico

Naquela tarde, eu tinha cinquenta mil no banco e já podia estar tomando um café com a gerente e discutindo o financiamento do meu apê, mas eu estava no meio de um monte de araras numa loja de lingeries, elaborando um tratado sociológico sobre roupas de baixo. Acho que foi a primeira vez que me preocupei tanto em agradar a alguém. Outra ironia da situação, porque, logo quando você deve ser mais fiel a você mesma, é quando você se desfigura. Mas é a vida, só mais um entre tantos desencontros.

Até aquele dia, eu nunca tinha comprado uma lingerie diferente. Estava sempre de calcinha e sutiã de algodão porque era o mais confortável e, apesar de trepar com deus e todo mundo, nunca tinha me dado conta da quantidade de coisas que diminutos pedaços de pano podem sugerir. Assim, fui passando meus dedos pelas araras, pelos sutiãs sem bojo nem enchimento para um efeito mulher descolada com peitinhos naturalmente caídos, pelos meia taça das ricas mulheres de cetim, pelas calcinhas do Mickey inocência aos quinze anos e perversão aos trinta, pelas calçolas bege que parecem lembrar que ali dentro há antes uma vagina do que uma boceta (esse descaso também pode ser sexy), pelos corpetes e sua foda nostálgica de cabaré, pelo maiô transparente da mulher que está sempre pronta até enquanto frita um ovo, pelos fios-dentais que podem ser uma submissão aos padrões, mas também uma libertação à medida que colocam o sexo, e não o romantismo atribuído às mulheres, no centro da ação. Será que o Biel ia curtir aquela renda italiana? Se eu tivesse parado um pouco para pensar, saberia que não, que o Biel não ia curtir aquela renda. Por um motivo simples: porque ele nem ia vê-la direito, porque a primeira coisa que uma pessoa faz ao ver uma lingerie no corpo do outro é arrancá-la, despindo de uma vez o amante. A lingerie existe para atiçar nossa própria fantasia. O universo particular e infinito que se esconde dentro de cada um, que respira e se multiplica justamente por ser secreto, esse lugar raro onde podemos ser livres e imorais. Pobre de quem é pobre até na fantasia. Eu obviamente não era, pois naquela noite ia sair com o traficante de diamantes do Mar Báltico, com o integrante da alta cúpula da Yakuza, com o estelionatário mais bem relacionado da Sérvia ou ao menos com o melhor batedor de carteiras de bar mitzvahs do hemisfério sul, portanto eu precisava de uma lingerie estonteante. Pensei duas vezes porque o conjunto era caro, bem caro (garfar estava fora de cogitação, não queria correr o risco de ser pega bem naquele dia), mas achei que valia a pena bancar o luxo.

Às sete, eu estava pronta, de banho tomado com a lingerie italiana, à espera da ligação. Às oito, seguia pronta, de banho tomado com a lingerie italiana folheando uma revista, à espera da ligação. Às nove, desconfiei que ele não ia ligar, e, como não sou de ficar esperando – esperei só porque ele disse que ligaria –, liguei eu mesma. Caiu direto na caixa, imaginei ele estava falando com outra pessoa ou sem bateria. Tentei novamente meia hora mais tarde, a mesma coisa. Tentei no outro número de telefone, aquele que ele anotou num guardanapo quando nos conhecemos. Deu caixa também. Nesse momento, já imaginei que ele não ia me atender nem me ligar. Por mais notívagos que fôssemos, por mais que um dia tenhamos nos encontrado num restaurante japonês às duas da manhã, é normal que algo seja combinado ainda antes de a noite arrefecer. Então, às dez, eu estava de banho tomado com a lingerie italiana como uma criança com chapéu de aniversário soprando uma língua de sogra à espera de convidados que nunca chegam e que nunca chegarão. Com uma diferença: os convidados não imaginam que ninguém foi à festa, que deixaram a criança sozinha, já o Biel sabia muito bem a que sorte estava me condenando. E para sair com quem? O que o filho da puta estava fazendo de tão melhor para me magoar daquele jeito? Resolvi ir atrás da resposta. Pensei em tirar a lingerie italiana, a renda estava me pinicando, mas a criança com língua de sogra que havia dentro de mim ainda mantinha alguma esperança, ainda me dizia que talvez o Biel tivesse sido atropelado e surgiria numa ambulância com um braço enfaixado me pedindo desculpas pelo atraso para fazermos um amor febril no final da noite. Então saí com aquela porcaria daquela renda por baixo do jeans e da camiseta, e com botas confortáveis, porque sabia que ia andar um pouco. Da estação de metrô, passando pelas casas invadidas e cantinas fechadas, até o viaduto do Bixiga.

De longe, já vi o viaduto. Aquele cenário de ficção científica. Não sei quem foi que teve a ideia de iluminar a parte interna com luzes azuis, luzes de boate. Sei que os viciados em crack e os moradores de rua adoraram aquela luz atmosférica a embalar seus sonhos e paranoias. Então ali embaixo do viaduto era isso: caixas de papelão e cobertores e colchões e fogareiros e gente esfarrapada andando para lá e para cá e, no outro canto, onde a rua encontrava mais um ângulo de concreto, uma dezena de bicicletas ergométricas, uma pequena academia separada dos vândalos por uma tela de arame e, lá dentro, montados nas máquinas, loucos tão loucos quanto os loucos de fora, pedalando e inalando fumaça de carro para oxigenar o corpo. Coroando tudo isso, como um castelo fincado no meio da merda, o Hotel Denver. Estreito e baixo, emoldurado por um fio vacilante de neon.

Pensei em entrar. Em ir até a portaria e perguntar pelo Biel. Embora não tivesse o nome completo, achei que o apelido e a descrição física, com a agravante do chapéu, deviam ser suficientes para encontrá-lo. Mas o que eu ganharia perguntando por ele? O porteiro diria que ele estava ou não e, se estivesse, se ofereceria para interfonar para o quarto, oferta que eu, obviamente, rechaçaria. Sem falar que ainda poderia topar com ele por acidente, o que seria constrangedor. O melhor era ficar do outro lado da calçada, esperando para ver se ele chegava ou saía com alguém.

Sentei no meio-fio, os braços e as mãos enlaçando os joelhos. Observei janela por janela daquele pulgueiro. Só duas estavam abertas. Uma escura, morta. Na outra, a silhueta de uma mulher aparecia de vez em quando, acho que falava no telefone, uma das mãos gesticulava com exagero. Depois, fiquei de olho na porta. Que gentinha entrava e saía daquele lugar. Umas trampas tipo aquela que o Biel levou no japonês, as bundas quase de fora, gritando com o cigarrinho na mão, doidas para arranjar alguma encrenca com alguém. Também tinha gente normal – se bem que vai saber o que é normal – chegando de viagem com mala, olhando para os lados com medo de sentir um cano na orelha. Apareceu até uma família, pai e mãe com três filhos pequenos, carregados de sacolas de compras, as crianças com aqueles pirulitos redondos na mão. Teve uma hora que começou a me bater um sono e saí para tomar um café, um puta medo de que o Biel aparecesse bem naquele momento.

Fui até a padaria e pedi um espresso. Em dez minutos estava de volta ao meu posto. Lembro que naquela hora me perguntei o que estava fazendo ali. Eu nem tinha certeza de que o Biel estava hospedado naquele hotel. Eu nem era o tipo de mulher que perseguia um homem. Eu nem era o tipo de mulher que gostava de alguém. O que era aquilo que eu estava sentindo e que me prendia ao meio-fio como uma solda? Eu não sabia, mas pensei que, o que quer que fosse, não podia ser tão forte. Como uma advogada num tribunal de vestígios rarefeitos, tentei provar para o meu sentimento que ele estava enganado. Que eu não podia gostar do Biel porque ele não era o traficante de diamantes do Mar Báltico, o integrante da alta cúpula da Yakuza, o estelionatário mais bem relacionado da Sérvia, nem sequer o melhor batedor de carteira de bar mitzvahs do hemisfério sul, ele era apenas um senhor de meia-idade se virando como podia para comer no dia seguinte. E então lancei para mim mesma a prova cabal: os sapatos do Biel. Uma imagem que até então eu tentei afugentar porque era demasiado reveladora, porque me falava de algo que eu não queria enxergar, como falam todos os sapatos. Uma pessoa pode se vestir e se arrumar e se transformar até a cabeça, mas os pés não mentem. Há algo de humano e verdadeiro nas duas patas, talvez por seguirem sendo duas patas a despeito de toda a nossa dissimulação. Quando alguém me intimidava, eu sempre olhava para baixo. Lembro de uma vez ficar nervosa na frente do dono do restaurante e então olhar para seus pés, apertados dentro de um sapato de bico fino, os dedos marcando o couro lateral, um desespero em ser elegante, algo que me fez ter pena dele. Também me comoviam os pés da Tiana. Aquela suavidade toda lá em cima e lá embaixo, aqueles troncos brutos presos à terra. Me comoviam igualmente os pés minúsculos da minha mãe nos seus sapatos comportados de senhora, uma vida inteira com os dez dedinhos bem juntos e bem fechados para que, para quem? E mesmo o J. com seu glamoroso chinelo das Arábias, o que aqueles chinelos tanto tentavam dizer? Mas os sapatos do Biel. Ah, os sapatos do Biel. Eram de um couro sintético tão vagabundo que nem podia ser chamado de couro sintético. E, apesar de largo, achatado, o par estava tão usado que também tinha marcas, craquelado nos joanetes, nas pontas, nos calcanhares. O cadarço amarrando um pacote que parecia prestes a se desfazer. Pés de um velho pobre e cansado, foi o que eu disse para mim mesma. E surda ao meu próprio apelo, segui sentada no mesmo lugar, olhando para as janelas e para a porta do hotel e para as minhas botas também cansadas, também surradas. Até que, com cabeça apoiada nos joelhos, peguei no sono.

Acordei com a claridade, com o dia ensaiando para nascer. Ou talvez com o barulho. Um catador de papel revirava um lixo perto de mim. De resto, tudo estava silencioso. Os mendigos dormindo, os viciados prostrados na sua loucura, as bicicletas ergométricas em repouso. O neon do hotel ainda estava aceso, mas todas as janelas estavam fechadas. Meu corpo doía, minha pele doía, irritada pela renda da lingerie. Peguei o celular. Nenhuma ligação, nenhuma mensagem do Biel. Levantei, pronta para ir embora, pronta para esquecer o vira-lata e aquela história toda. Mas, como já estava ali, achei que valia a pena trocar uma dúvida por uma certeza.

Entrei no Denver. Um rapaz estava atrás do balcão. Disse para ele que estava procurando um hóspede, Biel. Ele perguntou se eu sabia o sobrenome, disse que não. Ele digitou as letras no computador. Nenhum Biel, nenhum Gabriel. Insisti: um cara que tá sempre com um chapéu preto, deve estar hospedado aqui há uns dois, três dias. Seu rosto iluminou-se. Tem uns cinquenta anos, pele de areia mijada? Fiz que sim. Ele disse que sabia quem era, um tipo simpático, mas não se chamava Biel, chamava-se Yuri. Perguntei se ele tinha certeza disso. Falou que sim, que viu o documento no check out. Check out?, disse surpresa, perguntando depois quando e que horas ele foi embora. O rapaz disse que no dia anterior, no fim do turno dele, perto das três. Perguntei se ele sabia para onde. Acho que pro aeroporto, tava de mala, o passaporte saindo pelo bolso da jaqueta, disse. E depois ficou me olhando, talvez se perguntando quem eu era, se devia ter falado tanto. Posso fazer só mais uma pergunta? Ele fez que sim. Lembra o sobrenome dele? Ele fez que não.

Voltei para a rua, ainda atordoada. Como não me dei conta? Quando entreguei o livro para o J., não estava apenas enterrando o Cícero e *O Guarani*, também estava enterrando o Biel, a perspectiva de ver novamente o Biel. Foi só o filho da puta botar a mão na grana que se escafedeu, já devia estar inclusive de malas prontas, porque às duas da tarde me beijou – um beijo, então percebi, de despedida – e uma hora depois estava passando pela portaria da pocilga, rumo a sabe deus que país. Me senti uma imbecil, um bêbado correndo numa quitinete, alguém que destrói tudo o que tem ao seu redor. Me senti pior ainda ao pensar que provavelmente nunca mais iria vê-lo. Com certeza nunca mais iria vê-lo. Ainda bem que eu ainda tinha a Tiana, porque, embora estivesse triste, exausta, encardida, com a lingerie me incomodando, eu não ia conseguir dormir. Eu precisava contar tudo o que tinha acontecido comigo. Desabafar, quem sabe chorar, quem sabe ter a coragem de pedir um colo. Era cedo, mas não seria a primeira vez que eu apareceria na Tiana num horário absurdo. E nessa hora lembrei que ela ia achar bom, andava querendo falar comigo.

Só parei para um espresso duplo porque sou viciada e porque sabia que na Tiana não teria café, mas nem bebi o negócio no balcão, pedi um copo para viagem e segui andando, planejando comer alguma coisa na casa dela. Era uma das únicas vezes em que eu apareceria sem nenhuma mercadoria nas mãos, mas que história eu tinha. No caminho, já fui organizando os fatos, contando para mim mesma o que contaria para ela, não exatamente a história verdadeira, porque nem existe história verdadeira do ponto de vista de uma pessoa só, mas um relato até que razoável, de quem quer dividir a angústia. Então foi um choque quando vi o que vi. A vitrine vazia. A loja vazia. Me aproximei, incrédula. Tudo o que havia lá dentro era meia dúzia de cabides espalhados no chão e uma placa de aluga-se colada no vidro. Um aluga-se chamativo, em letras vermelhas. A primeira coisa que pensei – talvez por defesa – foi que aquilo era um fechamento de fachada. Que o Marcelo devia ter assustado a Tiana a ponto de ela esvaziar a loja, mas claro que continuaria lá nos fundos. Ninguém muda de endereço do dia para a noite. Ou quase do dia para a noite. Assim, toquei a campainha do brechó. Sei lá quantas vezes. Depois liguei para o celular. Esse número não existe. Liguei de novo. A mesma coisa. Fui olhar a minha caixa postal, deduzindo que então foi por isso que ela me ligou tantas vezes, queria me passar seu novo endereço. Lá estava a mensagem de voz que me passou despercebida nos últimos dias.

O que será que você anda aprontando pra não atender o telefone? Eu queria me despedir, tô indo embora de São Paulo. O Marcelo, essa cidade toda, não dá mais. Sabe aquela jaqueta de motociclista que você amava? Eu queria te dar. Eu fui te procurar pra dar tchau e entregar a jaqueta e descobri que... Meu bem, eu não sei onde você mora, onde você trabalha! Na faculdade, ninguém sabia quem era você... Olha só. Vou deixar a jaqueta numa sacola junto da porta dos fundos. Você pula a mureta e pega, tá bom? Se cuida. Eu vou sentir saudade.

Colei a cara no vidro, minha testa na palavra Bardot. Porra, Tiana, não podia ter me esperado só mais um pouco? Não podia ter continuado onde estava com o gato e as samambaias e o disco da Ella rodando eternamente? Quis vestir a jaqueta, porque amava aquela jaqueta, mas não só por isso. Pulei o muro que dava para os fundos do brechó, para a porta que ela mencionara. Estava tudo virado lá atrás. Uns pedaços de plástico bolha pelos cantos. Folhas soltas de jornal. O tronco nu da Sandra para um lado, as pernas para o outro. Não havia nenhuma sacola junto à porta. Pensei que alguém já havia passado por ali antes de mim. Talvez o Marcelo. Talvez um vizinho. Talvez um ladrão. Me aproximei do tronco da Sandra, era estranho vê-la assim pela metade, a cintura partindo do chão. Ela estava virada para a porta do brechó, me deu a sensação insólita de estar esperando pela Tiana. Fiquei observando-a por alguns segundos e, de repente, não sei o que me deu. Peguei a Sandra. Coloquei-a para lá da mureta, pulando para junto dela em seguida. Depois, encaixei-a debaixo do braço como uma prancha e fui embora, virando na Teodoro Sampaio. Dali até meu destino, a estação de metrô Clínicas, eram umas sete quadras íngremes, mas achei que seria tranquilo, a princípio a Sandra não me pareceu tão pesada. O problema foi a dinâmica pluvial dos trópicos, a chuva fortíssima que começou de repente. Ainda eram oito da manhã, as lojas estavam fechadas, só restavam os toldos, estreitos demais para oferecer abrigo de uma água tão invasiva. Achei que não fazia sentido parar e segui em frente, as botas se encharcando, minha roupa e minha bolsa se encharcando, a lingerie incomodando como nunca, eu fazendo força para segurar a Sandra, a porcaria da fibra de vidro todo minuto deslizando pela minha mão. Pensei em largá-la, em me livrar daquele peso morto, mas não sei por que a ideia de deixar a Sandra fez com que eu me aferrasse ainda mais a ela. De repente, comecei a chorar. Um choro convulsivo.

Sonho nº3

Era um céu estranho. Azul com nuvens brancas mas comprido, verticalizado. O Biel estava um pouco acima de mim, flutuando sem fazer esforço. Eu estava no chão, tentando voar. Era intrigante porque eu sempre sonho que estou voando, eu sei o que fazer, é só flexionar a perna e dar impulso para ganhar o céu, mas eu fazia esse movimento e nada, nada de sair do lugar. Olhei para cima meio desesperada. O Biel olhou para mim, ajeitou o Fedora e disse: tem outros jeitos de voar, Rabudinha.

Grafia atualizada segundo o Acordo Ortográfico da Língua Portuguesa de 1990, que entrou em vigor no Brasil em 2009.

capa
Paula Carvalho
ilustração de capa
Camila Fudissaku
preparação
A. Nogueira
revisão
Amanda Zampieri
Valquíria Della Pozza

6ª reimpressão, 2024

Dados Internacionais de Catalogação na Publicação (CIP)

Madalosso, Giovana (1975-)
Tudo pode ser roubado / Giovana Madalosso. — 1. ed. — São Paulo : Todavia, 2018.

ISBN 978-85-93828-46-1

1. Literatura brasileira. 2. Romance. I. Título.

CDD B869.93

Índice para catálogo sistemático:
1. Literatura brasileira : Romance B869.93

Bruna Heller — Bibliotecária — CRB 10/2348

todavia
Rua Luís Anhaia, 44
05433.020 São Paulo SP
T. 55 11. 3094 0500
www.todavialivros.com.br

fonte
Register*
papel
Pólen natural 80 g/m²
impressão
Geográfica